SERÁ PARA SIEMPRE UN DESTINO COMPARTIDO

NOVELA ROMÁNTICA

OLIVIA SAINT

ÍNDICE

INTRODUCCIÓN

Este libro es una obra de ficción en su totalidad. Por favor tenga en cuenta que los nombres, personajes, lugares y hechos son producto de la imaginación del escritor, han sido utilizados de forma ficticia y no deben tomarse como hechos reales. Cualquier parecido con personas, vivas o muertas, eventos y acontecimientos, entidades u organizaciones son totalmente una mera casualidad.

Todos los derechos reservados. Sin limitar los derechos bajo copyright reservados anteriormente, ninguna parte de esta publicación puede ser reproducida, almacenada o introducida en un sistema de recuperación, o transmitida de ninguna forma, ni por ningún medio (ya sea electrónico, mecánico, por fotocopia, grabación o de otra manera) sin el permiso previo por escrito del propietario del copyright.

El autor reconoce la condición de marca y los titulares de marcas de diversos productos a los que se hacen referencia en esta obra de ficción, que se han utilizado sin permiso.

La publicación/ El uso de estas marcas no está autorizado, asociados o patrocinado por los propietarios de la marca registrada.

Copyright 2021 por Olivia Saint Publishing - Todos los derechos reservados.

Este documento está dirigido a brindar información exacta y fiable sobre el tema y tema. La publicación se vende con la idea de que el editor no está obligada a rendir cuentas, oficialmente autorizados, o de lo contrario, los servicios del personal calificado. Si es necesario, asesoramiento legal o profesional, una práctica individual en la profesión debe ser ordenada.

A partir de una declaración de principios que fue aceptada y aprobada igualmente por un Comité de la American Bar Association y un Comité de Editores y asociaciones.

De ninguna manera es legal para reproducir, duplicar o transmitir cualquier parte de este documento en medios electrónicos o en formato impreso. Grabación de esta publicación está estrictamente prohibida y cualquier almacenamiento de este documento no está permitido a menos que cuente con el permiso por escrito del editor.

Todos los derechos reservados.

La información proporcionada aquí se dice sea veraz y coherente, en el que cualquier responsabilidad, en términos de falta de atención o de otra forma, por cualquier uso o abuso de las políticas, procesos o instrucciones que contienen es la solitaria y de absoluta responsabilidad del lector destinatario. Bajo ninguna circunstancia de cualquier responsabilidad jurídica o la culpa se celebrará contra el editor para cualquier reparación, daños, perjuicios o pérdidas monetarias debido a la información contenida en ella, ya sea directa o indirectamente.

Respectivo autor posee todos los derechos de autor no mantenidos por el editor.

La información que aquí se ofrece con fines informativos exclusivamente, y es tan universal. La presentación de la información es sin contrato o cualquier tipo de garantía de fiabilidad.

Las marcas comerciales que se utilizan son sin consentimiento, y la publicación de la marca es sin permiso o respaldo por parte del dueño de la marca registrada. Todas las marcas comerciales y las marcas mencionadas en este libro son sólo para precisar los objetivos y son propiedad de los propios dueños, no afiliado con este documento.

Dedicado a mi hija y a mis lectoras, mi vida no sería lo mismo sin ustedes ¡muchas gracias!

CAPÍTULO UNO

Sofía no era muy buena en eso de parecer una chica que conocía el mundo. La inocencia en ella era como una especie de ámbar que exudaba por los poros. Cuando la gente la conocía y percibía su naturaleza, solo podía pensar en una palabra: ingenuidad. Esa ingenuidad parecía el principal rasgo de su personalidad. Ella, sin embargo, no se escandalizaba al saber que muchos la veían como a una triste chiquilla ingenua. En efecto, estaba consciente de que había muchos que ni siquiera podían tomársela en serio. Después de todo, tenía veintisiete años y se supone que a esa edad ya la gente debía haber abandonado ciertos hábitos y ciertas conductas. Había quien la consideraba, más que ingenua, inmadura, y peor aún, una tonta. A ella, sin embargo, no le parecía tan terrible que la consideraran como tal, porque ser ingenuo no tiene nada de malo. Más bien, pensaba a veces, que ser tan cínicos como lo eran casi todos era mucho peor. Sí, es verdad, a los demás no se les engañaba tan fácilmente. En cierta oportunidad, una chica la había engañado al decirle que un artista de moda en ese momento, tal vez un cantante o un actor de los que sale en películas, era su hermano, y todo basado en un ligero parecido físico con él. En realidad, no se parecía en nada al famoso, pero la chica en cuestión, la estafadora, tenía esa clase de rostro tan intrascendente y de apariencia tan común y corriente que podía ser perfectamente familiar de casi cualquiera. Por supuesto, Sofía se volvió la comidilla de las chicas del primer curso en Administración y Dirección de Empresas en la Complutense cuando se hizo evidente que de verdad se había tragado el engaño.

También era la clase de chica que aún compraba cuadernos con ilustraciones algo infantiles y de predominante color rosado y lila en sus portadas, mientras los demás muchachos de su edad trataban de parecer más maduros y profesionales, aunque en el fondo no fuera más que una simple fachada, porque a esa edad, ¿quién puede ser maduro y mucho menos profesional? Ella, muy por el contrario, no intentaba adelantar los tiempos de su madurez, al punto de que tal vez los había atrasado demasiado. Después de todo, tenía veintisiete años y se supone que ya a esa edad la mayoría de los adultos jóvenes deberían dejar atrás los últimos remanentes de inmadurez que les queda en su interior. Ya a esas alturas, las actitudes tontas del pasado ya deberían empezar a causar vergüenza. No ocurría así en Sofía… O por lo menos no parecía ocurrir así en Sofía.

Sin embargo, no todos estaban convencidos de que esa personalidad demasiado cristalina en esa chica fuera cierta. Muchos, especialmente otras chicas, la veían con algo de desconfianza… o con mucha desconfianza algunas de ellas.

—¿Por qué te cae tan mal Sofía? —preguntó una chica a otra un día en uno de los patios de la universidad, mientras ambas veían a Sofía alejarse y perderse en medio de la multitud—. ¿Acaso te ha hecho algo?

—No me ha hecho nada, pero las pijas con cara de tontas, como esa tal Sofía —respondió la chica increpada por la otra

— son de las que más tenemos que cuidarnos, porque esa tontería que aparentan es una pose que sirve para manipular a los gilipollas de los hombres. ¡Hombres! ¡Míralos! —señaló la chica a un grupo de chavales que veían embelesados a Sofía—. Se creen el cuento, parece. ¡Es que son tontos!

Las chicas rieron, porque en efecto veían a los chavales demasiado entusiasmados por Sofía. ¡Demasiado! La chica pija e inocente despertaba suspiros y miradas lascivas a su paso. «¡Es tan maja!», decían los más discretos. «¡Joder, sí que está buena esa tía!», decían los más descarados. Sofía, sin embargo, no se había dado cuenta de que despertaba tales pensamientos y comentarios, o tal vez se hacía la que no se había dado cuenta. ¿Acaso era posible que no se diera cuenta? ¿Acaso se podía ser tan ingenuo? Es que no era posible que Sofía no supiera la reacción que despertaba, porque a pesar de esa apariencia inocente, era tan bella que, por supuesto, hasta la chica más ingenua del mundo tenía que saber que despertaría más de un pensamiento subido de tono entre los chicos a su alrededor. Se puede ser ingenuo, pero eso no significa ser ciego y Sofía tenía un espejo en su casa y se veía en él todos los días, así que podía ver que estaba muy bien… Estaba demasiado bien, de hecho.

—¿Y qué es eso de que una chica supuestamente tan tontilla, que se viste de rosadito y que aún usa cuadernos de Hello Kitty —continuaba la chica intrigante que la detestaba— al mismo tiempo va al gimnasio todos los días y tiene esas tetas y esas piernas que muestra a veces cuando se pone esas faldas tan cortas?

—¿Acaso una chica inocente no puede ir al gimnasio? — defendió la otra muchacha a Sofía, que tampoco parecía tenerla en alta estima, pero al menos no era tan escéptica sobre ella—. ¿Tiene que ser gorda y fea?

—No, claro que no. Puede ser saludable, atlética y todo eso, pero chicas como esas no usan esas faldas tan peligrosamente cortas, ni esos blazers demasiado abiertos con esas camisas tan reveladoras por dentro. Sí, todo es rosadito, lila y colores pastel, pero eso es intencional. ¡Apuesto un riñón! —La otra chica rio de nuevo, pero respondió al final que tal vez algo de razón tenía su intrigante amiga—. ¡Hombre, claro que la tengo! Mira, que esa pija engañe a los hombres, vale, pero ¿que nos engañe a nosotras? ¡Joder! ¡Qué mal estamos! ¡Es que después estáis llorando, preguntándoos por qué vuestro hombre se ha ido con la boba del salón!

—¡Ala! —respondió la chica, sorprendida del agrio comentario de su amiga—. ¿Y acaso a ti no te pueden quitar al hombre?

—Claro que sí, pero al menos sé a qué me atengo con tipas como esa tal Sofía, pero vosotras... ¡Mírate a ti, defendiéndola!

Ya no hubo más risas. La conversación se había puesto seria. ¿De verdad la falsedad de Sofía llegaba a tal punto? ¿De verdad era tan peligrosa como la creía la muchacha intrigante? La eterna sonrisa de Sofía y la mirada algo apagada de sus ojos azules no parecía revelar ninguna maldad en ella. Por eso, cuando una chica como cuestionaba esa apariencia demasiado inocente y casi intrascendente en Sofía como una fachada pensada solo para atrapar a los hombres, para hacerlos caer en su telaraña y después sofocarlos como una boa, encendía las alarmas de quienes nunca habían pensado en Sofía y las que eran similares a ella como una posible amenaza.

Sin embargo, había quienes decían que ninguna razón existía para preocuparse, porque si Sofía era la manipuladora que decían los escépticos que era, al menos ya había logrado su cometido y, por lo tanto, ya había dejado de ser tan peligrosa. Después de todo, ya se sabía que estaba comprometida con Juan Ignacio Beato. Había sido él el elegido para caer en las redes de Sofía.

—Sí —dijo la chica intrigante—, ya encontró al tonto al que va a exprimirle la vida hasta sacarle la bilis… hasta que encuentre al siguiente al que le pueda sacar más zumo.

—¡OYE! Pero no se puede tener tan poca fe en la humanidad. ¡Vamos al salón, que empieza la clase y estamos aquí perdiendo el tiempo hablando de la pija esa!

Y ASÍ, las dos chicas alejaron su atención de Sofía, que al fin pudo liberarse del peso de sus miradas sobre ella, aunque había muchos otros ojos atados a su figura, siguiéndola. Algunos ojos la miraban con la misma intención escéptica de las muchachas intrigantes del patio, otros la miraban con cierta indiferencia, pero captada su atención por si indudable belleza, mientras que otros la veían con la ilusión de que algún día los notara, aunque se sabía que la atención de Sofía era solo de Juan Ignacio y de nadie más.

CAPÍTULO DOS

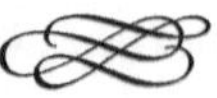

A Sofía le había ido mucho mejor en el amor de lo que se hubiera esperado. Después de todo, era una de las chicas más bonitas de la universidad y eso no lo podían negar ni quienes la consideraban una trepadora, una manipuladora y una peligrosa estafadora serial. Y no es que Juan Ignacio no estuviera a la altura de Sofía, pero sin duda ella estaba en su propia categoría, una en la que casi nadie más estaba, porque pocos seres humanos podían estar a tal altura.

Juan Ignacio era razonablemente atractivo, alto, atlético sin llegar a ser demasiado musculoso, inteligente y diligente en todo lo que hacía y decía, pero al final de cuentas no pasaba de ser un chico majo más o menos del común. Además de todo, tenía cierto aire bohemio y artístico por la forma en la que se vestía y por sus gustos y por sus costumbres, así que era algo sorprendente para algunos que fuera estudiante de Administración y Dirección de Empresas en vez de Literatura, Artes Plásticas o algo por el estilo. Tal vez era el hecho de que la familia de Juan Ignacio lo presionaba para que se convirtiera en el digno heredero de la empresa familiar —los Beato eran una familia de fabricantes de...

6

¡cajas!, lo cual hacía a Juan Ignacio un atractivo muchacho algo bohemio que había tenido el infortunio de haber nacido en una de las familias con el trabajo más aburrido y de renta promedio de toda España— la principal razón por la que él se encontraba en esa escuela en particular, en vez de otra más ajustada a su personalidad.

Juan Ignacio era algo aburrido, según creían muchos, pero no era un tipo falso, como Sofía. A pesar de eso, había quienes estaban convencidos de que la que se había sacado la lotería era ella, en vez de él, porque sí, ella era hermosa, al punto de llegar a ser despampanante —una palabra a la que poco se recurre para una chica que no explota abiertamente su sexualidad—, pero quien tenía un verdadero futuro y pertenecía a una familia productiva era Juan Ignacio. Era él quien haría algo con su vida, ya fuera dedicarse a las cajas, haciendo crecer el negocio de su familia hasta la estratosfera, o ya fuera abandonando el sueño de su familia para seguir el propio y convertirse en un renombrado escritor o escultor, pero fuera lo que fuera que decidiera Juan Ignacio hacer con su vida, sin duda alguna lo haría bien y terminaría destacándose. Ella, que era en ese aspecto una chica más bien promedio —estudiante promedio, personalidad promedio, inteligencia promedio...—, era la que había logrado conquistar a uno de los prospectos más interesantes del a universidad.

Otros, por el contrario, creían que el afortunado era Juan Ignacio. Después de todo, Sofía era hermosa, al punto de que no podía ocultar sus curvas de infarto, sus carnes firmes, sus deliciosos senos que desafiaban la gravedad, al igual que sus nalgas, que no entendían que existía una fuerza que las atraía al suelo. La ropa que usaba Sofía tenía algo de infantil, pero a la vez era lo suficientemente coqueta —y a veces reveladora — como para dejar más que claras esas cualidades físicas extraordinarias que la caracterizaban. Para los chicos esa belleza era más que suficiente como para considerar que Sofía valía la pena, no obstante que pareciera tonta, que fuera básica, que fuera aburrida en el fondo, pero los hombres son básicos… ya todos lo sabemos.

Sofía y Juan Ignacio se habían conocido al principio de la carrera, cuando ambos eran unos chavales que apenas sabían hacer algo independientemente de los demás, como lo eran casi todos los que en ese momento ingresaban a la universidad. Por supuesto, Sofía fue de las que más llamó la atención de los chicos y despertó antipatía y algo de desconfianza de la mayoría de las chicas. Juan Ignacio también llamó la atención, pero pronto el estrés producido por el impacto de los trabajos, de los exámenes, de las clases rápidas y densas, hizo que nadie llamara la atención a nadie y que todo lo importante fuera solo entender la lluvia de información que caía sobre todos y que, por sorpresa, los inundaba y los arrastraba como un río hacia un mar de desesperación.

Sin embargo, no faltaban los momentos en los que los chicos buscaban alguna oportunidad para encontrarse, especialmente aquellos que no eran muy aplicados y para quienes la universidad debía ser tanto una experiencia de aprendizaje como un momento para socializar… y ligar, sobre todo ligar. ¿Acaso vamos a hacernos los tontos? Todos sabemos que la principal utilidad social de la universidad es, justamente, que los jóvenes descubran el placer de ligar y follar. Solo los muy lerdos creían que la única utilidad de la universidad era aprender, y Juan Ignacio era justamente uno de ellos. Sofía, por supuesto, era de las que creía que el fin de la universidad era hacer amigos y mostrar su ropa de moda, así que no fue nada extraño que ninguno de los dos coincidiera al principio de la carrera.

Sin embargo, llegó el momento en el que ambos tuvieron que coincidir justamente en el lugar en el que ninguno de los dos solía rondar: en una discoteca.

. . .

—¡HOMBRE! —le dijo Marcos, un compañero de los que van de fiesta duro cada fin de semana, a Juan Ignacio cuando lo vio entrando en la discoteca—. ¡Al fin te veo en un lugar de estos! Qué bueno que al fin dejaste los libros a un lado y decidiste disfrutar un poco la vida, que no todo es cumplir con las expectativas.

—PUES SOLO ASISTO por una buena causa —respondió Juan Ignacio con la cara arrugada porque parecía que el ruido excesivo del lugar era como una intensa luz solar y reaccionaba igual—. Si no fuera para salvar detener la pesca ilegal de las ballenas en el Pacífico, no estaría aquí. Tenemos mucho que hacer de Microeconomía y la semana que viene tenemos un examen de Contabilidad que estará fuerte.

—PUES NADA VA A PASAR por una sola noche dedicada a un poco de diversión. No creo que vayas a perder Contabilidad por esta noche. Además, tienes a Carlota García en un bolsillo. La tienes comiendo de la mano.

—¡JODER! —respondió Juan Ignacio—. ¿Comiendo de la mano? Si tengo que hacer todo perfecto para que no me mire con desprecio ni me insulte.

—PUES ESO ES MUCHO MÁS de lo que yo puedo decir, chaval. Creo que es mucho más de lo que cualquiera puede decir.

. . .

Juan Ignacio entró en la discoteca sin decir mucho más, pues al mal paso darle prisa, dicen por allí. A Juan Ignacio no le gustaba el ruido exagerado de los garitos de ese tipo, ni le gustaba el olor a cigarrillo ni el contacto exageradamente cercano con los demás. Prefería encontrarse con amigos —bohemios como él— en cafés y lugares más tranquilos, donde pudiera hablar sobre temas de interés, y por eso muchos creían que el maravilloso prospecto tenía alma de viejo.

Juan Ignacio entró al antro y se encontró con lo esperado: un gran salón penumbroso iluminado con luces de colores, algo estridentes, ruido exagerado y gente bailando como loca en el centro de la pista. El suelo retumbaba ante los saltos de los juerguistas y los bajos en las cornetas que reproducían la música. También, sin embargo, había dentro de su cabeza una sensación chirriante, producto de los gritos de los animadores del lugar, quienes agradecían a los presentes porque los fondos de las entradas que todos habían pagado esa noche irían a la fundación «*Salvemos a las ballenas*» y, como recompensa a su donación, ofrecían más diversión y música a mayor volumen aún para enloquecerlos y hacerlos bailar hasta que el cuerpo se les sintiera roto. Por supuesto, el público asistente respondió con vítores y levantando los vasos de sus bebidas de todos los colores y sabores.

Los amigos de Juan Ignacio lo recibieron con beneplácito, diciéndole que al fin lo veían haciendo algo diferente a estudiar y esforzarse y le decían que no se preocupara, que esa noche no sería el fin de su vida ni de su carrera, que todo estaría bien y que luego de beber un poco y de fumar un porro y poco más, podría volver a su vida de siempre, a ser el cachorro obediente e ideal de los profesores de la facultad, a ser el estudiante ejemplar y el heredero perfecto de su familia.

Juan Ignacio bailó y era bueno, aunque había cierta contención natural en él. No se volvería loco, dejándose intoxicar por la música. También bebió un poco, aunque si la música no lo podía intoxicar, mucho menos lo haría el alcohol. Por supuesto que se controlaría y bebería con prudencia y contención. Juan Ignacio conversó con los amigos sobre los temas triviales de los que se supone siempre se habla en lugares así: un poco de chicas, un poco de alcohol, un poco de coches, un poco de aquello y de lo otro, nada importante, nada profundo, nada de lo que valiera la pena hablar por muchas horas, pero sin duda de lo que valía la pena hablar en esos momentos, porque no hay nada peor que hablar de la situación del mundo, de la crisis política y económica de España, del fracaso de las políticas internacionales de la ONU, frente a unos mojitos o a simples cervezas frías que refrescarían un poco a los juerguistas en pleno verano.

Juan Ignacio se divirtió, en efecto, pero como era de esperar, el agobiante ambiente lo venció y buscó el momento ideal para alejarse del grupo y descansar un poco, oculto entre las sombras de una esquina ignorada por todo el mundo. Se hundió en el olvido de su insignificancia cuando los demás estaban ocupados riéndose de chistes tontos, ligando con chicas a las que Juan Ignacio no se quería acercar demasiado —porque sí, le encantaban las chicas, como a cualquier otro muchacho de su edad, pero sabía que podían ser una enorme distracción que no estaba dispuesto a permitirse— y bebiendo vaso tras vaso de cualquier trago con el que inundaban su torrente sanguíneo de una alegría química que los convertiría pronto en felices inconscientes.

Juan Ignacio se retiró con su vaso de vodka, algo acalorado por el exceso de gente, y se refugió en la esquina que eligió para pasar desapercibido. Creyó que lo había logrado, en efecto, pero no se dio cuenta de que, en realidad, sí había sido notado por alguien.

. . .

—No sabes lo que me sorprende verte a ti, justamente a ti, en un lugar como este —dijo Sofía, o más bien gritó Sofía, porque en medio de aquel endemoniado escándalo, no era posible hablar con naturalidad.

—¡Sofía! —respondió Juan Ignacio con un poco de excitación, justamente la clase de excitación que sentía cualquier muchacho heterosexual a quien una mujer como Sofía le dirigía la palabra—. Pues para mí también es una sorpresa verte aquí.

—¿Sí? ¿Por qué?
   —Hombre, ¿no eres de la clase de chica que más bien va a un club o a un restaurante caro en vez de venir a sitio como estos?

—¡Claro! —respondió Sofía entre risas—. Soy una tía pija y demasiado estirada para esta clase de lugares… Pero ya sabes, todo sea por las ballenas.

—¡Claro! —respondió Juan Ignacio con una irónica risa en su rostro—. Las ballenas. No hay nada que le interese más a la gente como nosotros que las ballenas.

Y por supuesto que a ninguno de los dos les interesaba las ballenas, y a la gran mayoría de los presentes en la discoteca la verdad es que las ballenas les producían solo una enorme indiferencia. ¿En qué podía afectarles a ellos si las ballenas se extinguían o no? ¿En qué podía afectarles que algunas ballenas fueran pescadas y maltratadas? Ambos se sonrieron brevemente, porque sabían que el tema de las ballenas había llegado a su fin y debían encontrar alguna forma de que sus temas evolucionaran a cualquier otra cosa.

—ENTONCES —dijo Sofía—, ¿estás escondiéndote de los demás en este rincón?

—MÁS O MENOS. ¿Tú también estás en eso?

—PUES... Más o menos también. No me gusta todo este ruido, y el olor a cigarrillo me tiene la cabeza que me da vueltas.

—PUES PARA MÍ el cigarrillo es lo de menos. Creo que le estoy huyendo al ron malo que sirven aquí a precio exorbitante. Esas copas que sirven de coña cuestan lo que dicen, pero el problema no es ese, sino que es como beber gasolina y se te van las luces muy rápido. Hasta la música está empezando a parecerme buena, y eso que no es más que sintetizador a toda máquina y mucho ruido para disimular el poco talento del DJ.

SOFÍA SONRIÓ y Juan Ignacio no estuvo seguro de si era una buena señal o no, porque más que una sonrisa fue una extraña mueca que parecía casi una burla. Al chaval se le bajaron los humores y casi sintió que el mundo se le derrumbaba encima. ¿Acaso era posible que una tía como Sofía pudiera tener semejante efecto sobre un hombre?

. . .

—¿Y tú de qué te escondes?

Sin embargo, Juan Ignacio continuó a pesar de todo. Sabía muy bien que, mientras no recibiera un bofetón o Sofía le dijera directamente que la dejara en paz, tenía algo de esperanza, aunque no sabía esperanza de qué, si se suponía que él era la clase de tío que no quería perder el tiempo con chicas… Aunque por una como Sofía…

—Pues me escondo de la gente —respondió Sofía—, que me mira como si fuera una cosa rara. ¿Acaso tengo cara de extraterrestre o qué? No sé si puedes decírmelo, Juan Ignacio.

—¿Cómo? Pero ¿de qué hablas? ¿Cómo que la gente te mira como si fueras una cosa rara?

—Sí. Es que creo que no encajo en este lugar. A lo mejor es la forma como he venido vestida —Sofía vestía una minifalda rosa, obviamente, un blazer que hacía juego, zapatos de tacón demasiado elegantes para bailar la estridente música de los años noventa y había arreglado su cabello con una cinta blanca que la hacía ver algo aniñada. Las demás chicas llevaban minifaldas y tops demasiado reveladores, y lucían un bronceado tal vez demasiado exagerado, y sus peinados eran algo estrafalarios. En realidad, toda su apariencia era estrafalaria y vulgar. En efecto, la moda de los noventa era totalmente estrafalaria.

Sofía, por supuesto, no encajaba, con su apariencia demasiado clásica —con su aspecto de ñoña, más bien— en aquel lugar, y por supuesto, por muy buena que estaba, no pudo dejar de atraer miradas extrañadas en el mejor de los casos, y cínicas y sardónicas en el más frecuente.

—Yo CREO que te ves muy bien —dijo Juan Ignacio, tratando de insuflarle algo de seguridad a Sofía, aunque parecía extraño que esa chica necesitara tal cosa como que otro le insuflara seguridad.

—MUCHAS GRACIAS, pero sé que parezco un pez fuera del agua —Ambos hicieron un breve silencio y miraron a los demás chicos que bailaban desenfrenados y fluidamente—. Tú también te vez como fuera de tu elemento.

—¿DE verdad? ¿Se me nota tanto?

—Sí, tanto como a mí.

AMBOS VOLVIERON A HACER silencio y miraron de nuevo a los otros. De repente, en los rostros de ambos apareció decepción. Sabían que, por más que lo intentaran, ninguno de los dos sería como ellos.

—¿TE gustaría que nos viéramos afuera? —El propio Juan Ignacio no sabía de dónde había sacado de repente las fuerzas como para hacer semejante invitación a Sofía. Por supuesto que la respuesta de la chica sería negativa. ¿Por qué se había expuesto a sí mismo al rechazo?

—Claro que sí —respondió Sofía—. Me encantaría salir de aquí.

Todos los chicos vieron a Juan Ignacio salir de la discoteca tomado de la mano de Sofía, y él tenía la misma expresión de sorpresa e incredulidad que ellos. ¿De verdad Juan Ignacio se había ligado a la tía más buena de la discoteca, que estaba vestida como Jackie Kennedy, sí es cierto, pero no por eso dejaba de ser la tía más buena? Pues así, aparentemente el tío más aburrido del mundo se había liado con la más buena... Cosas de la vida.

CAPÍTULO TRES

*J*uan Ignacio y Sofía caminaban por las calles de Madrid esa noche. Ya casi era verano, así que la ciudad estaba espléndida y el ambiente estaba cargado de ese aire electrificante que predecía los días de juerga interminable e irresponsabilidad controlada. A pesar de eso, dos chicos de apariencia demasiado acicalada para las costumbres de la época contrastaban con los demás que iban tambaleándose entre risa por aquí. Juan Ignacio iba con las manos atrás, mientras Sofía avanzaba por la acera con naturalidad. No iban a ninguna parte, sino que simplemente caminaban por allí, y parecía que esperaban ambos que sus pasos simplemente no los dirigieran a ninguna parte.

—No sabía que tenían un grupo de estudio que se reunía todos los días en la biblioteca —dijo Sofía algo sorprendida al enterarse del tal grupo—. Bueno, no es tan extraño que no sea de ese grupo, ¿cierto? Después de todo, no soy de la clase de tía que va estudiando por allí, todo el mundo lo sabe. Confío demasiado en mi memoria. Puedo recordar casi con exactitud lo que dicen los profesores y con eso suele ser suficiente para mí, así que no me siento tan necesitada de estudiar… quiero decir, no de estudiar de forma metódica, leyendo infinidad de libros y esas cosas… Debo parecerte una tonta, lo sé.

—¿Tonta? ¡Para nada! Me parece admirable tu memoria. Ojalá yo la tuviera. A mí se me olvida hasta lo que desayuné esta mañana, y mientras cocino el almuerzo, se me olvida qué es lo que estoy cocinando justo en ese momento y no puedo decirte por qué estoy hirviendo unas papas y por qué estoy cortando cebolla. Tengo que hacer un gran esfuerzo en recordar qué es lo que quería hacer en primer lugar.

Sofía le hizo el favor a Juan Ignacio de reírse de su chiste, que sí, era tonto y malo, pero era evidente que él lo contó con toda la intención de parecerle agradable. Era agradable para ella, en efecto. Después de todo, era un tío majo y no era para nada un tonto, como muchos de los otros que se habían acercado a ella para intentar ligarla.

Recorrieron las calles por unos minutos hasta que terminaron sentados en un pequeño café mucho más tranquilo que la discoteca en la que había empezado todo. Allí inició la relación de ambos. No se habían dado la oportunidad de conocerse anteriormente. Tuvieron que estar en el tercer ciclo escolar de la carrera para que se dieran la oportunidad de acercarse el uno al otro. Se habían visto, se habían saludado también, se habían dirigido brevemente la palabra, pero más allá de eso no había habido nada entre ellos, hasta esa noche, en la que se hablaron de verdad y se conocieron mucho mejor de lo que nunca se habían conocido. A ambos les gustaba lo que iban descubriendo el uno del otro. Sofía no era una chica tan tonta y superficial como se suponía que era, y a pesar de su apariencia algo frívola, parecía que era también una muchacha que tenía una noción más o menos clara de lo que quería en la vida, al igual que Juan Ignacio. Ambos se vieron sorprendidos cuando, antes de que cualquiera de los dos lo hubiera pensado, se tomaron de la mano sobre la mesa y se sonrieron cálidamente.

—ESTA ES la primera vez en la que me pasan estas cosas, ¿sabes? —dijo Sofía—. No soy de andar de novios por allí.

—PUES A MÍ TAMBIÉN ES LA primera vez que me pasa... Quiero decir, es la primera vez que me gusta alguien solo por hablar. Tampoco soy de andar de novias. Imagino que soy muy lerdo para eso. —Sofía sonrió cálidamente ante el comentario de Juan Ignacio.

—PUES TANTO MEJOR si eres así de lerdo. No me gustan los tíos que andan por allí siendo tan machotes y creyéndose unos malotes, pero que en el fondo son unos gilipollas que mejor es tenerlos lejos.

UNA SONRISA LLEVÓ LUEGO a una caricia en las manos y finalmente, sin que se dieran cuenta, Juan Ignacio se inclinó sobre Sofía y le dio el más tierno beso que ambos habían tenido. Para ambos fue extraño sentir que los labios se les electrificaban un poco, como si hubiera una energía indescifrable los embargara, y luego la energía recorría el resto de sus cuerpos. El roce de los labios y la mezcla de los alientos los embriagaron, hasta que la lengua de Juan Ignacio invadió por completo la boca de Sofía, quien dejó que él entrara y explorara aquel lugar delicioso y caliente. Los corazones de ambos se aceleraron como pocas veces lo habían sentido y se tocaron los cuerpos de repente, pues él llevó su mano sobre uno de los senos de la chica y ella llevó su mano sobre su fuerte brazo, que era aún el de un joven al que le faltaba madurez, pero no por eso le faltaba trabajo y hombría.

Se separaron de repente y se vieron a los ojos. Se sonrieron y continuaron comiendo la tontería que habían comprado. Sin embargo, algo había cambiado a partir de ese momento, y se sentían ligeros y deseosos, a la vez que complacidos en un aire apacible que los envolvía. Salieron del café a las tres de la madrugada, cuando el lugar ya iba a cerrar. Caminaron por allí, tomados de la mano, y se perdieron por una calle del centro de la ciudad. Desbordaban felicidad.

CAPÍTULO CUATRO

No se puede decir que se expandió como pólvora la noticia de que Juan Ignacio y Sofía ahora estaban ligados, porque la verdad es que fue algo que a algunos sorprendió un poco, pero en el fondo la gran mayoría fue totalmente indiferente al nuevo noviazgo. Al fin de cuentas era problema solo de ellos. Sin embargo, sí que fue interesante para muchos que dos chicos tan radicalmente diferentes terminaran liados entre ellos. ¿Un tipo bastante aplicado, un friki en toda regla, con una chica pija y frívola, casi tan inocente como una niña pequeña y con la edad mental de una? Pues sí, interesante todo, pero más allá de eso, no mucho más interés despertó. Entre quienes los conocían directamente, terminaron convertidos simplemente en otra de las tantas parejas que se formaron en la universidad.

Para ellos, sin embargo, por supuesto que lo que había aparecido entre era muy importante. Ambos estudiaban juntos y triunfaban o fracasaban juntos en sus exámenes y trabajos, iban al cine cuando los estudios se los permitían o iban a cenar de vez en cuando, lo típico que hace una pareja de jovencitos enamorados, pero para quienes ese amor no era algo familiar.

—Es que es la primera vez que estoy en esto —le comentó Sofía una vez a su hermana mayor, Lucrecia, quien sonreía al ver que su hermana al fin estaba de novia con alguien—. La verdad es que no sé qué pensar y cómo actuar.

—¡Hombre, Sofía! —respondió Lucrecia—. ¿Acaso tienes diez años o qué? ¡Ya tienes veintitrés años, por Dios! No sé por qué sigues actuando como si fueras una niña. Ya estás en la universidad y a esta edad ya es hora de que empieces a ver el mundo como una adulta. Una de las cosas que tienes que hacer es decidir si al fin te lías con un hombre de verdad o sigues andando con esos chavales con los que siempre anduviste cuando adolescente. ¿De verdad eso es lo que quieres? ¿Quieres seguir con tonterías de ese tipo?

—Lo dices porque para ti es muy fácil. Siempre has sido más desenfadada que yo, y no te importa nada. Haces con tu vida lo que te da la gana y no tienes que ver con nadie.

—¿Y eso tiene algo de malo? ¡Claro que no! Eso es lo normal y lo que deberías hacer tú también. ¿Qué es lo que tanto te preocupa? ¿Lo que opinen papá o mamá? Ya a ellos no les importa mucho, y aunque les importara, ya no tienen capacidad de intervenir. Ya no eres una niña, te repito. Yo creo que ese muchacho con el que estás saliendo, el tal Juan Ignacio, es justamente el tipo de pavo que te mereces y con el que cualquiera quisiera estar. Es de buena familia, tiene un futuro asegurado, porque, aunque son fabricantes de cajas, es un negocio bastante rentable, por lo que sé, y seguramente seguirá creciendo si se sigue manejando bien, y entiendo que Juan Ignacio tiene talento para los negocios y que lo ha estado demostrando en la universidad y también en la empresa de su familia, con la que ha trabajado ya desde hace años. ¿Por qué sigues tan insegura? ¿Por qué no te das cuenta de que ese chico es justamente lo que necesitas y lo que deseas en este mundo?

Por supuesto que Sofía sabía muy bien que Juan Ignacio era un partido con el que, con todo y sus defectos, la mayoría de las chicas hubiera deseado ligarse, porque ningún hombre es perfecto y ser tal vez un poco aburrido y formal, hasta protocolario, no es ni de lejos uno de los peores defectos que puede haber. Sin embargo, tal vez Sofía soñaba un poco con esa pasión arrebatada que la hiciera sentir como en un torbellino, en un barco a merced en una furiosa tormenta. Juan Ignacio era muy bueno, en efecto, y ella lo amaba, pero sin duda que le hubiera gustado experimentar un poco con chicos más emocionantes antes de asentarse con el parecía ser el definitivo, porque Juan Ignacio era la clase de hombre con la que no se tiene una aventura divertida y emocionante, sino que era de los del tipo con los que piensas desde el principio que ha llegado la hora de asentarte en un solo lugar en el mundo y contemplar la vida desde la seguridad de una relación estable y muy responsable. Sí, no hay nada más descorazonador desde el punto de vista del romance arrebatado con el que aún soñaba Sofía que pensar que su novio era un hombre responsable antes que todo, tanto que para él el fin último de su noviazgo era el matrimonio luego del que iba a entregarse a una relación que no imprevistos si estaba en sus manos que no los hubiera. Sofía hasta estaba totalmente segura de que Juan Ignacio era la clase de marido que nunca le sería infiel. ¡Sí existen los hombres totalmente fieles! Juan Ignacio era uno. Incluso, si el amor se acababa, preferiría recurrir primero al divorcio civilizado antes que faltar a su palabra.

—Es injusto lo que dices, tía —le reclamó Bárbara, una amiga de la universidad, cuando Sofía, en medio de unas compras, le confesó sus inseguridades respecto a su novio—. ¿Acaso me vas a decir que Juan Ignacio no es el tío más tierno de este mundo contigo? Siempre piensa en ti, está al pendiente de todo lo que haces, es comunicativo, que para un tío es algo muy difícil, y te regala dulces cada semana...

—Sí, ya lo sé —respondió Sofía algo avergonzada, entendiendo que Bárbara hablaba un poco desde la envidia, pues su amiga pasaba por una relación bastante tormentosa con otro pavo bastante más emocionante que Juan Ignacio, pero era un tipo al que algún día alguien le iba a tener que partir la cara de tan cínico que era, y se lo tendría bien merecido —, pero es que... Mira, con eso de los dulces que dices, por ejemplo, ya se ha vuelto una rutina. ¡Cada viernes al salir de clases, a las seis de la tarde con exactitud! A veces pienso que Juan Ignacio no tiene un cerebro dentro de la cabeza, sino un reloj suizo que no puede admitir el más mínimo desfase.

—Pues lo que daría yo porque Darío no admitiera el más mínimo desfase —dijo Bárbara, dejando salir su cólera hacia su novio—. ¡No sé por qué aguanto a ese gilipollas! Los viernes, al salir de clases, yo solo tengo una seguridad: que no voy a estar segura de lo que ese tío de mierda está haciendo ni con quien está... ¡Y tú quejándote de que Juan Ignacio se porta perfectamente bien! ¡Tía, si ese hombre es el sueño de muchas, por no decir que de todas!

—Sí, lo sé, pero es que... ¡Es tan estricto en todo!

—Pues tan estricto no será, si tanto le gusta el arte. ¿Acaso no me dices que tiene una vena de artista?

—Sí, pero lo tiene reprimido. Sé que le gusta mucho escribir, pero hasta ahora nunca me ha mostrado nada de lo que ha escrito. Es como un secreto que lo avergüenza.

—Pues allí lo tienes, tía. Ayúdalo a que deje salir un poco más ese lado bohemio que todos sabemos que tiene, pero que no sea demasiado como para convertirlo en uno de esos hippies que no saben ni qué hacer con su vida. Vamos, que estás soñando en tener un hombre imposible: que sea atrevido, aventurero, una ráfaga de emociones sin fin... ¿pero te gustaría que fuera así como Darío?

—¿Cómo Darío? ¡Claro que no!

—¡Exacto! ¿Lo ves? Darío es lo que tanto quieres: atrevido, aventurero, una ráfaga de emociones... ¡El muy gilipollas! ¿No te das cuenta de lo contradictorio de lo que pides? No quieres que Juan Ignacio deje de tener sus virtudes, pero en cambio quieres que además sea todo lo contrario a lo que es. ¡Hombre, tía! Que no sabes lo que quieres, parece.

Sofía, avergonzada, bajó el rostro. Volteó y se miró al espejo.

—Ya mejor no hablemos del tema —dijo—. Ahora dime, ¿qué te parece este vestido? ¿Te gusta cómo me queda?

—Claro que me gusta cómo te queda. A ti todo te queda bien. ¡Hombre, hasta eso! Eres la tía más bonita del mundo y puedes tener al hombre que quieras. Si estás con Juan Ignacio es porque sabes perfectamente que no tendrás a nadie mejor que él, pero igual te quejas.

—¡Ya, Bárbara! —insistió Sofía en tono conciliador—. Ya te dije que mejor cambiamos de tema. Ya entendí tu punto. Entonces, ¿me lo compro o no?

No importaba con quién Sofía comentara sus dudas respecto a Juan Ignacio, todo el mundo le respondía justamente como le había respondido Lucrecia, su hermana, Bárbara, su amiga, y como otras tantas que parecía se habían leído un libreto y se lo recitaban palabra por palabra. Ella misma terminó convencida de que, en efecto, la del problema era ella, porque Juan Ignacio no era perfecto, pero era el mejor hombre que pudiera soñar con tener algún día. Sí, Juan Ignacio era lo mejor, y lo que ella consideraba defectos no eran más que tonterías infantiles de su parte.

—¿Acaso crees que vas a encontrar un tío rico, guapo y emocionante que te haga delirar el resto de tu vida y que te haga sentir que día con día empiezas una etapa nueva de tu vida? —se dijo un día frente al espejo—. ¡Hombre tía! Ese tipo no existe. Y la verdad, ¿quisieras un tipo así, con el que no puedes tener un mínimo de seguridad?

Y así Sofía al fin supo que Juan Ignacio era el hombre para él. Esa semana, ya luego de casi dos meses saliendo con él, aceptó sus chocolates el viernes a las seis de la tarde y le sonrió. Lo abrazó como nunca lo había hecho y él lo notó.

—Hoy te siento diferente —dijo él, emocionado.

—¿Diferente cómo?

—No sé. Estás más… cariñosa.

—Claro que sí —confesó Sofía, mientras caminaba junto a Juan Ignacio hacia la salida del campus universitario—. Creo que tienes razón. Es que, últimamente, me he sentido más… abierta, ¿sabes?

—¿Abierta? ¿Abierta cómo?

—Pues… Cada día estoy más segura de ti y de lo nuestro. Hasta he pensado que es hora de… —Sofía se contuvo, avergonzada.

—¿De qué? —preguntó Juan Ignacio, intrigado.

—No me hagas caso.

—¡No! Vamos, dime. No me puedes dejar así ahora.

Sofía lo miró con duda, pero finalmente se armó de valor para hablar:

—He pensado en que es hora de que estemos juntos, ¿sabes?

—¿Juntos? ¿A qué te refieres con…? —Juan Ignacio se detuvo de inmediato y miró a Sofía con incredulidad—. ¿Acaso dices…?

—Sí, eso mismo digo.

Juan Ignacio hizo total silencio. Miró a Sofía con seriedad, la tomó por la mano y la besó con respeto y solemnidad.

—Quiero que estés totalmente segura de lo que dices —dijo Juan Ignacio—. Es decir, lo último que quiero es que pienses que estás obligada a algo. Nada más lejos de la realidad. No estás obligada a nada, ¿entiendes? Sé que es tu primera vez y es un momento muy importante en la vida de cualquiera, especialmente de una mujer.

—Lo entiendo. Si te pido esto es porque... porque estoy totalmente segura. Estoy segura de ti... de nosotros. Estoy segura de que esto que tenemos es importante.

Juan Ignacio miró a Sofía por largo rato con gran seriedad, pero finalmente sonrió y volvió a besarla en la mano, con mucha más ternura esta vez. Luego, se acercó a ella y la besó en la boca. Se sentía en su piel que sudaba y estaba frío.

—No sabes lo feliz que me hace saber que consideras que lo nuestro es lo suficientemente importante como para que estés dispuesta a perder tu virginidad conmigo. Estoy honrado y muy emocionado. Estoy seguro de que seremos muy felices juntos, Sofía. Estoy seguro de que tú y yo estamos hechos el uno para el otro y que la vida nos depara cosas maravillosas.

Sofía sonrió, pero no respondió nada. Solo abrazó a Juan Ignacio y luego dejó que él la besara tiernamente. Ella sintió la lujuria en él, el deseo, las ganas de hacerla suya. Por supuesto que Sofía sabía muy bien que Juan Ignacio la deseaba desde hace mucho tiempo, pero él era un hombre tan gentil y educado que no la había presionado en lo absoluto en los dos meses que llevaban saliendo juntos y ella sabía muy bien que nunca lo haría. Por supuesto que tenía que ser ella quien diera pie a ese momento tan importante para ambos, especialmente para ella.

Cuando Juan Ignacio terminó de besar a Sofía, la tomó por la mano y, sonriente, mostrando una felicidad tan desbordante que pocas veces se veía en él, salieron de la universidad, pero antes, él le dijo:

—Haré que sea muy especial. Haré que sea el momento más especial de tu vida, te lo prometo. Verás que puedo ser el hombre que te haga feliz por el resto de tu vida. Sé muy bien que apenas estamos empezando a salir y a conocernos, pero tengo el mejor de los presentimientos respecto a nosotros. Seremos muy felices juntos. ¡Ya puedo imaginarme el resto de nuestra vida!

Ella nuevamente no respondió, pero sonrió y se dejó tomar de la mano. Juan Ignacio la dirigió hacia la calle y hacia la vida misma, de hecho. En su cabeza, planificaba cómo haría para hacer que Sofía se sintiera perfectamente segura y feliz con él, cómo la haría sentir la mujer más especial del mundo la primera vez que estuvieran juntos, cómo haría par que la vida entera que ambos tendrían fuera la mejor vida posible. ¡Todo sería tan maravilloso para ambos! Era un hecho: serían muy felices y no había nada ni nadie que pudiera alguna vez destruir esa felicidad.

Hola guapa, me haría mucha ilusión que formes parte del **club selecto de lectoras de Olivia Saint**, allí activamente comparto noticias y adelantos de mis próximas novelas, también me permite estar muy cerca de mis lectoras ¡por favor no dudes en formar parte!

¡Me apunto al grupo!

Ò puedes escanear el siguiente código QR con tu móvil para ir directamente allí:

En caso contrario, también puedes seguirme en mi fanpage de Facebook AQUI o escaneando el siguiente código QR en tu móvil:

¡Muchas gracias!
Olivia Saint

CAPÍTULO CINCO

Juan Ignacio preparó un viaje para el siguiente fin de semana a Alicante, a la casa que tenían sus padres frente al mar. Dejaría de asistir un viernes a clases, lo que no era propio de él, pero la situación lo ameritaba.

—No creo que haga falta que viajemos, mi amor —le dijo Sofía—. No es necesario que todo sea tan… Ya sabes, no hay que hacer tanto plan. Después de todo, es de las cosas más naturales del mundo, ¿no? Podemos ser un poco más espontáneos.

—Seremos espontáneos, mi vida —respondió Juan Ignacio—, pero solo quiero que sea un momento muy especial para ti. No quiero que lo hagamos en ninguno de nuestros departamentos, y mucho menos en un hotel o en algún lugar vulgar como esos. Quiero que sea especial. ¿Qué mejor que en la playa, pasando los dos unos días de descanso?

. . .

—Pues sí, los días de descanso son siempre bienvenidos, pero...

Sofía no se atrevía a decir lo que pensaba: pero no hace falta que todo esté tan milimétricamente planificado, al punto que hasta follar se convierta en un proceso más o menos protocolario. ¿Acaso Juan Ignacio no podía ser como los otros tíos y, simplemente, follársela como loco a la primera oportunidad? Ella entendía que lo que le decía, que quería que ese momento fuera el más especial de su vida, era totalmente cierto, pero ¿qué de especial podía tener un momento en el que hasta el último instante se mata la espontaneidad planificándolo todo? Casi que la follada de Juan Ignacio parecía una especie de montaje teatral en el que él esperaba que todo saliera perfecto, según su plan, porque Sofía sabía muy bien que hasta planificaba una cena exageradamente costosa y romántica frente al mar, ambos vestirían ligeros trajes acordes para el escenario y para la ocasión, ambos se dirían las palabras más dulces que pudieran salir de su boca. «¿Será que tengo que ensayar lo que voy a decir?», llegó a preguntarse Sofía. Es que con Juan Ignacio no se sabe. Dices una palabra mal y...

Sin embargo, Sofía sabía muy bien que estaba siendo una malagradecida, porque Juan Ignacio no era de esa clase de chaval del que tanto se quejaban las otras. Él no se lanzó sobre ella a la primera oportunidad. Cualquier otro, incluso sabiendo que su novia era virgen se hubiera preocupado primero por meter la polla y luego por los sentimientos de la tía. Sin embargo, Juan Ignacio no era así, porque para él lo importante era ella, que estaba, ante todo, y meter la polla sería lo secundario. Era insólito que Sofía se quejara, pero... así era ella.

En fin, que no pudo hacer más que simplemente aceptar que su primera vez no tendría la espontaneidad y la pasión que imaginó toda su vida que tendría. No lo haría con un galán que sería un tigre, un león o un animal salvaje en la cama. No. Lo haría con un hombre que, de seguro, la haría sentir en el cielo, en el paraíso, en el aire —Juan Ignacio seguro que hasta sería un buen amante porque probablemente sería muy meticuloso hasta para follar—, pero no sería realmente emocionante porque no habría mucho de sorpresivo. El día en el que partieron en el coche de Juan Ignacio hacia Alicante ella suspiró antes de subirse y se dejó dirigir por él hacia el sur, hacia el mar, y sonrió todo el tiempo, porque sabía muy bien que tenía que ser muy feliz junto a Juan Ignacio.

Salieron muy temprano de Madrid y llegaron a Alicante a las primeras horas de la tarde. Juan Ignacio no tenía ningún apuro por llegar, así que condujo con toda la prudencia que lo caracterizaba. Se le notaba sorprendentemente ligero y hasta algo desenfadado, tomando en cuenta que, normalmente ser ligero y desenfadado no eran rasgos de su personalidad, pero tal vez sí había un corazón dentro de ese pecho y comportarse así fue parte de la forma en la que expresaba su excitación y su cachondez. Claro que Juan Ignacio estaba cachondo, no nos engañemos, pero sabía controlarse tan bien que nadie hubiera notado esas ganas.

Sofía no conocía la casa de Alicante perteneciente a la familia de Juan Ignacio, por lo que quedó sorprendida por su modernidad y su belleza. No era la casa más grande del mundo, pues los Beato eran una familia acomodada, pero no tan millonarios como para tener una mansión, pero sin duda alguna aquella casa era más que digna. Sofía sonrió y entró junto a Juan Ignacio a la propiedad, que no se encontraba realmente en la zona urbana de Alicante, sino en uno de los pueblos cercanos, prácticamente al borde de un acantilado, justo frente a la costa, por lo que tenía acceso total a la playa bajando por unas escaleras que terminaban en la playa unos veinte o treinta metros más abajo. La casa tenía una bonita piscina hacia el patio, desde el que se podía ver la belleza del mar frente a ellos, y además podían respirar el delicioso aire que venía generoso desde el horizonte. La altura sobre la que estaba garantizaba que no hubiera ninguna interrupción ni de la vista ni de la brisa.

Juan Ignacio sabía muy bien el impacto que producía esa casa el todos quienes la conocían por primera vez. ¿Cómo no iba a conocer ese impacto si él mismo lo sufría cada vez que la visitaba y ya la conocía desde su infancia? Tanta belleza y bondad tenía que pegarte de alguna forma.

—¡JODER! —dijo Sofía—. Pero qué vista más de maravilla tiene esta casa. Los Beato tenéis un pequeño tesoro aquí.

—PUES SÍ. No puedo negar que nos ha ido bien, y eso que lo único que hace mi familia es fabricar cajas para los productos de otras empresas —Juan Ignacio hizo silencio—. Seguro que piensas, como muchos, que somos de las familias más aburridas de este país. Eso de hacer cajas es tan aburrido que creo que no existe una palabra para describir lo que hacemos. ¿Somos cajeros? —Ambos, Sofía y Juan Ignacio, rieron ante el pequeño chiste, pero luego aspiraron el aire y continuaron contemplando el mar—. Que sé muy bien que no soy el prospecto de hombre que muchas tienen. ¿Vivir toda la vida con un hombre cuyo destino es dedicarse a empaquetar productos? Pues sí, muy aburrido sí que soy. ¿Qué te digo? No te puedo engañar y creo que no puedo engañar a nadie.

—¡Hombre! —respondió Sofía—, que no tienes que ser tan duro contigo mismo. ¿Acaso no eres escritor? Sé muy bien que has escrito mucho, que seguramente tienes una caja grande llena de novelas y poemas que aún no te has atrevido a mostrar al mundo, pero de seguro que tienes mucho talento. La vida no tiene que ser tan aburrida como crees.

—Pues no lo sé —respondió Juan Ignacio, con algo parecido a la decepción en su voz—. ¿Acaso la gente que tiene un futuro asegurado va a arriesgarse a hacer las cosas de forma diferente? ¿Qué crees que pensaría de mí mi familia y todo el mundo si tomara la tonta decisión de intentar dedicarme a la literatura? Si viniera de una familia de escritores y artista tendría algún sentido, pero viniendo de una familia de... de cajeros... Lo mejor es no liarla parda inventando y buscando lo que no se me ha perdido. Así es el mundo y así es la vida, y no me quejo en lo absoluto, porque sé muy bien que la he tenido mucho más fácil que muchos en este mundo, que han tenido que sufrir lo que para mí no han sido más que noticias en la tele.

Sofía miró a Juan Ignacio algo sorprendida. Miró al mar otro rato, pero luego decidió acercarse a él y lo abrazó.

—Yo estoy dispuesta a estar contigo, no importa lo que decidas hacer.

. . .

—¿De verdad?

—De verdad.

—Pues no sé. Entiendo muy bien que estás algo insegura conmigo. Sé muy bien que sueñas con un hombre mucho más… emocionante que yo. No te culpo. Creo que yo también soñaría con alguien mucho más emocionante que yo mismo. Yo en ti tengo todo lo que sueña un hombre en una mujer: eres hermosa, inteligente, servicial, dulce… Yo no soy el semental con el que muchas sueñan, ni soy el prospecto de empresario que se va a comer el mundo, ni soy tan interesante que tengo un tema de conversación cada día de mi vida. Yo lo único que tengo es un poco de dinero que me heredará mi familia y una empresa sólida pero destinada a nunca ser de las punteras en su industria, porque la verdad es que no existe tal cosa como la industria de las cajas. ¿Cómo puede existir una industria para algo tan trivial y aburrido como las cajas? Yo solo puedo ofrecer una vida tranquila y estable, pero no emocionante. Yo sé muy bien lo que soy.

—Pues para mí eres el tío más gentil que jamás he conocido en la vida. Nunca te he oído decir una mala palabra, ni serías capaz de un desplante para nadie, ni serías capaz de aceptar una injusticia. Eso es lo que eres para mí. Justamente por eso estoy aquí contigo y por eso te he invitado a convertirme en la mujer que todavía no soy.

. . .

Juan Ignacio miró a Sofía y le sonrió y la abrazó con ternura y dulzura. El chico era aburrido, sí, pero aun así había en él una ternura que afloraba por sus poros. Era de la clase de ternura que hacía que las chicas sonrieran cuando él les hacía un gesto caballeroso y gentil, porque se notaba que no se trataba en lo absoluto de un gesto interesado y falso, sino de una actitud auténtica. ¿Cómo no iba a sonreír Sofía y cualquier otra chica?

Juan Ignacio invitó a Sofía a acompañarlo a la habitación y ella lo miró con sorpresa. Él le sonrió y le dijo que no tenía que sentirse nerviosa, que él iría al ritmo que ella decidiera, que la trataría con el respeto que se merecía y que nada iba a pasarle estando a su lado. Sofía estaba completamente segura de que, en efecto, nada pasaría que pudiera incomodarla. Juan tomó el equipaje de ambos y subieron por las amplias y bellas escaleras, que parecían flotar de alguna forma sobre un jardín que ocupaba una de las alas de la casa, pero él dejó las maletas en el pasillo y tomó a Sofía por la mano, dirigiéndola a la habitación principal. Juan Ignacio abrió la puerta y reveló ante ella un espacio amplio y muy iluminado, ocupado en el centro por una enorme cama protegida por un mosquitero que caía hermosamente sobre ella y que la hacía parecer una cama casi imperial.

Entraba una hermosa luz por los grandes ventanales que rodeaban la cama y que permitían una vista maravillosa del Mediterráneo. Ella sonrió y entró a la habitación. Sobre la cama había una cubitera con hielo y una botella de una de las marcas de cava más costosas y exclusivas del mercado. Al mismo tiempo, la cama estada decorada con pétalos de rosa.

. . .

—Sé que todo esto puede parecer un poco cursi —dijo Juan Ignacio de repente—, y a lo mejor es predecible, pero no se me ocurrió otra cosa para hacer de este momento más especial.

—Todo está perfecto.

Juan Ignacio tomó una barra de chocolate que descansaba sobre una mesa y se la entregó a Sofía, quien la tomó con una sonrisa. Era viernes, pero no eran aún las seis de la tarde, así que al menos en algo había cambiado la rutina.

Sofía miró a Juan Ignacio y, con seguridad y parsimonia, dispuso de la barra de chocolate a un lado, sobre una mesa junto a la cama, y se acercó a él. El chico tomó a Sofía por la nuca y la besó con la ternura propia de un hombre delicado cuyo único deseo es tratar a la mujer que ama con toda la dulzura posible. La besó con ternura y con tiento, pero Sofía estaba mucho más abierta que de costumbre y abrió su boca. Juan Ignacio entendió perfectamente lo que su chica quería, así que invadió con un poco más de descaro que de costumbre el interior de la boca de Sofía con su lengua. La recorrió con toda libertad, luchando contra la lengua de Sofía, que de repente intentó oponer alguna resistencia, pero no era más que un juego en el que Juan Ignacio solo demostró su deseo ardiente por Sofía, deseo que había logrado controlar por mucho tiempo, pero ahora no tenía la capacidad de ocultar más.

De repente, Juan Ignacio se alejó un paso de Sofía y la contempló con ojos transformados. No eran los ojos de siempre, tan respetuosos y gentiles, sino que estaban ligeramente desorbitados y empeñados en fijar la figura de Sofía en ellos.

· · ·

—TENGO tantas ganas de hacerte mí —dijo Juan Ignacio, con una voz que Sofía también desconocía; era la voz plena de deseo que Juan Ignacio nunca se había permitido dejar salir —. No sabes cuánto te he deseado todo este tiempo, desde que estamos saliendo juntos.

—ENTONCES NO TIENES que reprimirte más, cariño — respondió Sofía con una ligera sonrisa—. Aquí estoy, abierta para ti, lista para ti, con ganas de ser tuya y de que tú seas mío también.

—¿DE verdad lo deseas, Sofía? ¿De verdad deseas ser mía?

—ES lo que más deseo en este mundo, Juan. ¡No esperes más, mi amor! ¡Ven y fóllame!

JUAN IGNACIO, entonces no pudo contenerse más y se inclinó de nuevo sobre Sofía. La abrazó con mayor fuerza que antes y tocó con mayor descaro sus tetas. Los pezones de Sofía se sentían turgentes y firmes, pues estaba totalmente excitada al sentir las manos de Juan Ignacio sobre ella. ¡Qué maravilloso era ese hombre! Y pensar que le despertó tantas dudas y que consultó tantas veces con sus amigas, quienes le decían que era una tonta por siquiera preguntarse lo que no tenía que preguntarse.

Ella alejó a Juan Ignacio y se desvistió muy lentamente frente a él. Maravillado por lo que veía, Juan Ignacio solo contempló, sin intervenir. Sofía le mostró su escultural cuerpo de chica que solía hacer ejercicios a diario y la sola visión de tanta belleza lo enloqueció. ¡Qué tetas tan hermosas! ¡Qué abdomen plano y perfecto! ¡Qué piernas largas como de kilómetros de longitud! ¡Qué mujer tan hermosa! ¡Qué insuperable y perfecta era! Todo lo que Juan Ignacio veía en ella era una perfección a la que nunca pensó que podría acceder. Contempló también las hermosas nalgas de Sofía, que parecían dos firmes piezas de carne que no se inmutaban en lo absoluto por la fuerza de gravedad, que no tenían ninguna mácula. Juan Ignacio sentía que no podía controlarse y tenía unas ganas insuperables de acariciar esas nalgas deliciosas que lo enloquecieron. También contempló la pelvis de la chica, que tenía una forma de V perfecta, una figura femenina idealmente encajada en la silueta de Sofía. Aquel coño parecía esculpido por un artista escrupuloso y perfeccionista, quien deseaba imprimir en su obra un nivel de belleza idealizada inalcanzable para el simple ser humano, pero Sofía sí que era un ser humano, y aquellas intimidades femeninas eran de carne. Juan Ignacio sabía muy que en breve tendría la posibilidad y la autorización para irrespetar aquella frontera que, muy delgada, separaban el interior y el exterior del cuerpo de la chica. Juan respiraba algo entrecortadamente. La emoción lo vencía. Sofía, en cambio, se veía tranquila.

Juan Ignacio volvió a acercarse a Sofía y volvió a besarla con deseo y lujuria, masajeando uno de sus senos, que sintió la gentil mano del chico siendo muy tierno con ella. No la apretaba hasta hacerla sentir ninguna incomodidad, pero sin duda que notaba cierta ansiedad en el contacto de Juan Ignacio, quien sin decir nada expresaba su profundo deseo.

Sin que él se diera cuenta, Sofía comenzó a desabotonar la camisa de su hombre. Cuando Juan Ignacio se percató de que Sofía también quería contemplarlo, él mismo completó el trabajo y se terminó de abrir su camisa y se la retiró, descubriéndose ante ella. Juan Ignacio no se quedaba a tras respecto a su atractivo. Su piel era blanca y suave y sus músculos firmes y bien formados, pues solía practicar deportes, especialmente fútbol varias tardes a la semana, y aunque era aún un muchacho joven, se notaba en él cierta reciedumbre un poco más propia de los hombres maduros. Tenía un abdomen bien marcado y sus pectorales, cubiertos por una vellosidad no muy abundante y dorada, eran armónicos y elegantes. En efecto, el cuerpo de Juan Ignacio podía definirse como elegante, firme atlético, saludable y fuerte, pero en lo absoluto excesivo. Iba en perfecta concordancia con la personalidad y el rostro igualmente solemne del muchacho.

Luego, Juan Ignacio se desabrochó sus pantalones, tal vez con algo de ansiedad, pero no por eso con suficiente precisión como para ser bastante exacto y no parecer torpe en lo que hacía. Se bajó los pantalones y quedó cubierta su desnudez solo por un bóxer negro que entallaba perfectamente con su figura masculina y que dejaba ver la protuberancia firme y emocionada que quería salir hacia el mundo exterior, pero que no terminaba demostrar antes Sofía, porque era su última muestra de respeto. Él sabía muy bien que, una vez que su polla estuviera afuera, no habría fuerza que la pudiera regresar de vuelta a las sombras en las que normalmente estaba. Sin embargo, Sofía no quería que le dieran esa oportunidad de rectificación, así que se acercó a él y, casi como si fuera una experta en esos asuntos en vez de la chica virgen que en realidad era, acarició a Juan Ignacio justamente en ese lugar, sabiendo perfectamente el efecto que tendría en él aquel contacto.

El muchacho, por supuesto, sintió que una energía caliente y deliciosa recorrió su cuerpo entero y supo desde ese mismo instante que no había marcha atrás. Sofía sería suya y él sería de Sofía y el destino de ambos quedaría sellado a partir de ese instante. Juan Ignacio no se imaginaba con ninguna otra chica. Sofía siguió rozando la polla endurecida y engrandecida de Juan Ignacio por un largo rato, hasta que, al fin, ella se animó a sacarla del interior del bóxer. ¡Qué maravilla lo que los ojos de una chica inexperta pueden ver! La polla era perfecta, casi la polla ideal para la mayoría de las chicas. No era exageradamente grande, al punto de que solo prometía torturas para sus víctimas, pero a la vez era lo suficientemente respetable como para prometer un placer que, sin duda alguna se haría por completo de Sofía. Ella, instintivamente, sabía muy bien que aquel miembro viril era perfecto, así que siguió sobándolo, o más bien masturbándolo, provocando el total enloquecimiento de Juan Ignacio, quien estaba listo para entrar en Sofía.

Sin embargo, él sabía muy bien que lo importante en ese momento era ella, que su experiencia fuera placentera y él, entonces, llevó su mano también a las partes íntimas de Sofía y las acarició con el cuidado con el que un hombre experto trata a una mujer poco experimentada. Curiosamente, no podía decirse que Juan Ignacio era un amante muy experimentado, pues no había pasado por tantas amantes como para poder considerarse un macho semental ni nada por el estilo, mas, aun así, él también sabía masturbar muy bien a Sofía.

¡Qué glorioso calor el que tomó por sorpresa a Sofía y que la hizo estremecer! ¡Qué sensación de maravillas incompresibles! Un oleaje de colores recorrió el cuerpo de Sofía y con cada caricia de Juan Ignacio un nuevo pulso salía desde su coño hasta su cuerpo completo. ¡Maravilloso! ¡Incomparable!

Sofía, por primera vez en su vida, sintió un placer que la embargó por completo y levantó el rostro al cielo, cerró los ojos y emitió su primer gemido de placer. ¡Lo emitió con una seguridad instintiva! Juan Ignacio sonrió al verla y se inclinó sobre ella para besarla mientras continuaba masturbándola.

—ABRE TU BOCA, hermosa —dijo Juan Ignacio—. Abre tu boquita, que quiero follártela con mi lengua. ¿Quieres que te folle la boca con mi lengüita? ¿Quieres que después de meta la polla en tu coñito bonito, mi hermosa?

—¡Sí, mi hombre! —dijo Sofía, casi fuera de sí—. Es lo que más quiero. ¡Hombre! ¡Que no puedo creer que esto sea tan...! ¡Joder! ¡Ah! —Sofía reaccionó ante las hábiles caricias de Juan Ignacio sobre su vulva—. ¡Así, macho! ¡Sigue así! ¡Así!

Y JUAN IGNACIO SIGUIÓ, en efecto, mientras metió su lengua dentro de la boca de Sofía y la besó con toda la intensidad esperable en un hombre que tiene ganas de hacer de la chica frente a él la nueva y única mujer de su vida. Poco a poco, Juan Ignacio fue dirigiendo a Sofía hacia la cama, que estaba a solo unos pasos, pero para ellos fue un recorrido de kilómetros, pues ambos jadeaban y parecía que iban a llegar exhaustos hasta esa superficie blanca y mullida sobre la que se fundirían. Jadeaban los dos en el recorrido.

Al fin, sin embargo, llegaron a la cama y Juan Ignacio se inclinó más sobre Sofía, de tal forma que ella terminó recostándose boca arriba en la cama y Juan Ignacio, con una habilidad que casi desdecía de su supuesta inexperiencia en las artes amatorias, terminó sobre ella. Sofía sintió claramente el peso del macho sobre su cuerpo, la presión de su musculatura aplastándola, y sintió abajo, en su vulva, el ansioso llamado del miembro de Juan Ignacio, que quería entrar en ella. Sin embargo, antes que todo, él se dedicó a besar a Sofía, primero en la boca, pero luego se concentró en el cuello de la chica, y mientras tanto le acariciaba las tetas, que estaban más turgentes que nunca, más duras de lo que jamás habían estado, con la piel más erizada. Luego, Juan besó justamente las tetas, y Sofía sintió como le succionaba los pezones. ¡Quería mamar y alimentarse de ellos! Quería que ella vertiera en su boca su esencia femenina. Seguro que muy pronto lo lograría, pero por el momento ella aún necesitaba seguir aprendiendo a sentir su cuerpo. Juan continuó descendiendo en el cuerpo de Sofía y le besó el abdomen y luego siguió bajando más aún.

De repente, el calor húmedo de la lengua de Juan Ignacio estaba en el monte de Venus de Sofía, que no podía creer que ese lugar de su cuerpo pudiera ser fuente de tanto placer, de tantas sensaciones inesperadas y de tanta confusión al mismo tiempo. La lengua de Juan Ignacio exploró los labios que eran como puertas que controlaban el acceso a ese lugar jugoso de Sofía y el hombre comprobó como su amante estaba húmeda, mojada, totalmente lista para ser envestida por el poder de su casta de macho, que podía entrar porque tenía de ella todo el permiso para hacerlo.

—JODER, tía —dijo Juan Ignacio—, ¡estás bien abierta y lista! ¡Estás a punto de convertirte en una fuente! ¿Te gusta lo que te estoy haciendo? ¿Estás lista para recibirme, mi amor?

—¡JODER, que sí! —respondió Sofía, casi gritando autoritariamente, casi exigiendo que Juan Ignacio la convirtiera en mujer, casi reclamándole que no dejara de hablar en vez de ponerse manos a la obra, o, mejor dicho, polla a la obra—. Estoy bien abierta y mojada. ¡Qué te necesito, mi cielo! ¡Necesito que seas mi macho ya mismo! ¡Ya mismo!

· · ·

Y Juan Ignacio sabía que tenía que ponerse en esa. Rápidamente, volvió a aplastar con su peso a Sofía y ella sintió cómo la presión en su coño era mayor aún. Juan Ignacio estaba a punto de entrar. Juan Ignacio ya no llamaba a su puerta, sino que estaba en plan de derribarla directamente. Y lo mejor sería que la derribara, en realidad. Lo mejor sería que la desgarrada y que rompiera toda. Sofía así lo quería y lo necesitaba.

Y la presión, poco a poco, se fue haciendo mayor, cada vez más fuerte, cada vez más intensa. De repente, un ligero ardor la invadió, pero no estuvo en lo absoluto mal, o no puede describirse como una sensación que la molestó de alguna forma. Nada más lejos de la realidad. Fue una clase de ardor que nunca había sentido, pero instintivamente supo que le gustaría sentir ese ardor muchas veces a lo largo de su vida. Le encantaba lo que sentía y sabía que pronto se convertiría en adicta a esa sensación que le invadía toda la consciencia.

Al fin, Sofía cedió al a presión de Juan Ignacio y sintió claramente cuando él entró en su interior. Se sintió repentinamente invadida, como inflamada porque ahora tenía que dar cabida a un extraño que le ocupaba el interior que antes nunca había sido ocupado. ¡Qué sensación más maravillosa y extraña al mismo tiempo! Ahora, el oleaje del calor indefinible que antes la había hecho sentir como en un trance de gozo, venía mezclado con un ardor y un ligero dolor que parecía que solo servía para aderezar ese mismo calor, que ahora de nuevo la invadía. ¡Era más delicioso de lo que se sentía antes!

Y es que Juan Ignacio era tan gentil como cabía esperar de un chico que sabía con creces que para ser exitoso en cualquier cosa tenías que estar al tanto de los intríngulis de la cosa en cuestión. Juan Ignacio sabía muy bien lo que hacía, en efecto, así que no era solo la polla del macho lo que hacía estremecer a Sofía, sino su mano hábilmente posicionada justamente sobre su clítoris. Acompasado con el movimiento de su pelvis, el macho apretujaba la pequeña protuberancia de Sofía, la electrificaba cada vez y la hacía sentirse cada vez más y más convertida en una diosa de calor que irradiaba quién sabe qué tipo de energía sobre el mundo. ¡Era maravilloso convertirse en lo que se había convertido!

—Tú y yo... —susurró Juan Ignacio entre sus jadeos, hablando directamente al rostro de Sofía—, tú y yo para siempre, mi amor. Tú y yo juntos para siempre.

—Para siempre, mi vida —respondió ella—. ¡Para siempre!

—¿Te gusta, mi amor?

—¡Me encanta, mi hombre! ¡Eres el mejor hombre del mundo! ¡Eres maravilloso, mi vida! Te amo, Juan Ignacio. ¡Te amo!

—También te amo, mi hermosa. Mi Sofía. ¡Mi Sofía!

Y Juan inflamaba a Sofía con su constante penetración, con su entrada y salida sin fin del interior de su caliente cavidad. La caverna carnosa y rosada de Sofía ahora enrojecía, porque aquella invasión no tenía fin y no le daba tregua ni tendría descanso alguno. ¡Qué maravilla de hombre!

De repente, Juan Ignacio sacó su polla del interior de Sofía y ella sintió como las entrañas volvían al fin a su lugar. Un poco de descanso para sus pobres carnes sexuales, que no sabían cómo reaccionar a esa intensa sensación que nunca antes habían tenido que manejar. Sin embargo, el descanso fue breve y la tregua muy poca. Juan Ignacio se acostó esta vez boca arriba y guio a Sofía para que ella se sentara sobre él, mirando también boca arriba. Otra vez, él le invadió el coño y entró de nuevo en ella, pero ahora la presión en el interior de Sofía era mucho mayor. Ahora, además, la libertad de Juan Ignacio para masturbarla era también mayor, así que la intensidad de esa posición fue todavía más potente. El oleaje de colores y de energía era un sunami que la destrozaba toda desde adentro hacia afuera. Juan Ignacio hizo que ella se acostara totalmente sobre él, mientras la embestía y la penetraba, clavándola una y otra vez en su incesante penetración. Al mismo tiempo, él le acariciaba tiernamente un seno con una mano y con la otra la masturbaba. Ambo se besaron, se invadieron las bocas con la lengua y disfrutaron el uno del otro, del contacto de sus cuerpos y del calor que los invadía.

Sudaban. El sexo fue húmedo y mojado, justamente como un buen sexo debe ser. Al mismo tiempo, sin embargo, fue tierno y dulce. Las caricias de Juan Ignacio sobre el cuerpo de Sofía daban cuenta de la adoración del hombre sobre la chica, que apenas entendía la tremenda desmesura con la que él la disfrutaba. Las caricas dejaban un rastro de humedad, del sudor de ambos que se mezclaba en un jugo transparente. Los humores y los sabores de ambos se mezclaban y eran deliciosos, los vahos de ambos se convertían en uno solo, los cuerpos se fundían, las almas se fusionaban y el futuro se vislumbraba como una unidad inseparable en la que ambos gozarían sin posibilidad de falla alguna de un amor tranquilo y tierno, pero al mismo tiempo con la pasión propia de amantes que se emocionaban por poder tener contacto el uno con el otro.

Y así, Juan y Sofía explotaron el uno dentro de la otra y ella implosionó para sus adentros. El oleaje, que era como una energía que salía y salía de su coño en pulsos, ahora colapsaba en un punto infinitamente pequeño en el interior de su coño, que abrazó la polla de Juan Ignacio y quiso estrujarla. El coño y la polla, entonces, entraron en un conflicto que ninguno de los dos lograría vencer, pues ambos fueron vencidos a la vez y ambos salieron triunfantes.

—¡JODER, macho! —gritó Sofía, con los ojos cerrados y el cuerpo convertido en un ovillo de placer y la piel erizada por completo—. ¡Qué se me desgarra el coño! ¡Ay, madre mía! ¡Así, mi amor! ¡Así! ¡Más! ¡Más!

—TE VOY A DAR MUCHO MÁS, mi Sofía. ¡Te voy a dar mucho más! Tendremos una vida juntos, y follaremos como ahora muchas veces. Seremos tan felices juntos. ¡Tan felices!

Y EL ORGASMO DE AMBOS, así, se convirtió en ilusiones y sueños con el futuro. Sofía fue vencida por la sensación interminable del calor que la consumía, mientras que Juan Ignacio descargó dentro de Sofía su propio calor, alimentándola y dándole a ella la energía que él drenaba. Ambos gritaron una vez más ante la intensidad del orgasmo, sus cuerpos se volvieron duros, como el de las estatuas, y de repente colapsaron sobre la cama los dos, vencidos y convertidos en carnes blandas y gozosas.

Sofía cayó sobre el cuerpo de Juan Ignacio y sintió como la polla de su hombre se volvió blanda y salió expulsada de su interior con una naturalidad y suavidad que la dejó totalmente tranquila consigo misma y con él. Juan Ignacio seguía acariciándole las tetas a Sofía, como si estuviera seguro de que en ese gesto estaba contenida toda la felicidad de ambos. Tal vez tenía razón y justamente así era. Se besaron una vez más y las lenguas volvieron a invadirse las bocas, pero ninguna de las dos venció, nuevamente.

Sofía cayó en la cama, junto a Juan Ignacio, y ambos se vieron largamente, frente a frente. De repente, se abrazaron y sonrieron para besarse una vez más. Habían cumplido la misión que se habían propuesto, y ahora Sofía era una mujer en toda la expresión de la palabra, porque ahora tenía consciencia de la fuente interminable de placer que era su cuerpo. El abrazo fue largo y el beso tierno y suave.

Ya casi en la noche, Juan y Sofía se levantaron de la cama y salieron a cenar a un restaurante de la ciudad. Durante la comida, sin embargo, prevaleció el silencio y las miradas picarescas y candentes, a la vez que las caricias suaves y tiernas. ¿Qué se podían decir Juan y Sofía en esta nueva situación? Ya se conocían al nivel en que se conocen los amantes y ambos ahora tenían que ver qué harían con su relación. Ya no eran solo unos novios que se tomaban de la mano para circular por la calle y hacer cosas juntos, sino que ahora eran uno solo. Lo entendieron durante esa cena, en la que no querían separase ni un instante, y por eso se besaron y se dieron nuevamente tiernos besos.

Regresaron a la casa y, como si el calor del deseo los hubiera hecho ardientes, se lanzaron a la piscina, a pesar de que frente a ellos se extendía solo la negrura nocturna del Mediterráneo. En la piscina volvieron a follar, porque era en todo lo que pensaban. Sofía, sostenida por la suavidad del agua, abrió su cuerpo de nuevo a Juan Ignacio que entró nuevamente impúdico en ella y volvió a hacerla sentir como la mujer maravillosa que era. Tenían que ensayar muy bien su noviazgo y nada mejor que recrearse en las maravillas de sus amores. Los siguientes dos días, por supuesto, consistieron fundamentalmente en follar y quererse, en acariciarse, en besarse y en prometerse amor eterno. Ambos estaban dispuestos a cumplir su promesa.

CAPÍTULO SEIS

Y pasaron los años de universidad, por supuesto, y el noviazgo entre Juan Ignacio y Sofía no hizo más que consolidarse. En el momento en el que ambos estuvieron juntos, tenían los veintitrés años, pero ahora estaban a punto de recibirse, así que había llegado el momento en el que, ambos se dieran el sí frente a todos: a la ley, a sus familias y ante Dios. Habían accedido a un matrimonio religioso a pesar de que ninguno de los dos era realmente religioso, pero por insistencia de sus familias, especialmente de la de Juan Ignacio, que era aún algo conservadora, asistirían ante una iglesia y se relatarían el ritual católico del matrimonio. Estaba bien para ambos, pues hubiera o no matrimonio religioso, había amor.

La ternura no se había acabado nunca, los detalles de Juan Ignacio para con Sofía siguieron intactos y al mismo tiempo ambos experimentaron una sensación de tranquilidad y de asentamiento poco frecuente en chicos de su edad. Sus personalidades habían cambiado un poco, habían madurado, por supuesto, pero en muchos aspectos seguían siendo los mismos: Juan el prospecto de empresario eficiente que heredaría la empresa de su familia para asegurarse su futuro y el de las siguientes generaciones, Sofía la chica pija, proveniente de una familia no tan pujante como la de Juan, pero que le había podido dar una vida más que digna y más que envidiable a la muchacha, que por eso había podido permanecer así de inocente y de indiferente a los males del mundo.

La boda se daría tan solo unos días luego de la ceremonia de graduación, de tal forma que las dos celebraciones, la del recibimiento de sus títulos profesionales y la de su unión definitiva, serían un continuo. Las amigas de Sofía, por supuesto, estaban felices por ella, por su amiga, la que al principio había tenido dudas de Juan Ignacio, la que quería que el hombre de su vida fuera un huracán de arrebatos, ahora se asentaba al fin con el hombre correcto, con el hombre más correcto que existía sobre la faz de la tierra y con la que muchas de ellas hubieran querido asentarse.

Finalmente llegó uno de los grandes días que todos esperaban: el último de clases. Ya no deberían volver a las aulas a oír a los profesores, ya habían demostrado ante tan difícil jurado que eran lo suficientemente maduros como para labrarse un lugar en el complicado mundo laboral y tal vez, solo tal vez, no perecerían la mayoría de los graduandos en la agonía del paro y de la crisis económica. Todos sonreían y se veían casi incrédulos. Ahora solo les quedaba esperar a que se cumplieran los tiempos para ir a la ceremonia de graduación, que se daría dentro de un mes y medio.

—Te celebraremos tu despedida de soltera en La Vaquita —le dijo Bárbara justo cuando salían de la universidad ese día, luego de que ella y Juan Ignacio se despidieron tiernamente, pues él debía ir a la fábrica de cajas, que sería su aburrido templo de ahora en adelante—. ¿Sí sabes dónde queda?

. . .

—CREO QUE SÍ. He oído de ese garito.

—PUES BIEN, será mañana mismo, ¿sí? Queríamos hacértela un poco más cerca de la fecha, pero sabemos que estás en dieta para entrar dentro del vestido de bodas y que no quieres portarte mal para estar a la altura de Juan Ignacio. No te preocupes, que no te vamos a obligar a hacer tonterías. Solo vamos a beber algunos tragos y eso será todo.

—¿DE verdad? ¿Eso será todo, Bárbara?

—SÍ, será todo —respondió la chica con algo de fastidio—. Decidimos que no habría desnudistas, ni habría bailes eróticos ni juegos subidos de tono. No van con tu personalidad, pero tampoco Juan Ignacio se merece algo así. Vamos, que será una despedida de solteras sui generis, pero la haremos entretenida igual, ¿vale?

—PUES ME PARECE MUY BIEN. Y me encanta que nos adelantemos a la graduación y a la boda, porque ya estoy algo atareada y me imagino que entre más cercana la fecha, menos tiempo y ganas voy a tener de ir a ninguna despedida de soltera.

Y ASÍ, en efecto, acordaron las dos amigas su celebración. Bárbara recogería a Sofía al día siguiente en su coche, de tal forma que no tendría Sofía que preocuparse por andar conduciendo a altas horas de la noche por las calles de

Madrid. Podría beber y, si había algún problema con manejar, siempre podrían todas regresar en taxi a sus casas.

Sofía se dispuso para salir al día siguiente en la noche. Antes de eso, sin embargo, Juan Ignacio la visitó en la tarde a su departamento y la miró con rostro algo nervioso.

—YA TE DIJE que Bárbara me prometió que no habría desnudistas ni nada por el estilo —le explicó Sofía a Juan Ignacio mientras lo besaba—. Solamente iremos a un lugar a beber algunos tragos y a hablar de cosas de chicas, es todo.

—¿Y le crees a Bárbara?

—¿Y por qué no habría de creerle?

—¿DE verdad me lo preguntas? ¿Acaso no conoces al personaje? Vamos, mi amor, que sabes que Bárbara no es la clase de chica que se conforma con una velada tranquila. Siempre le ha gustado la emoción y los problemas de más.

JUAN IGNACIO TENÍA razón sobre Bárbara, pero Sofía ya no tenía mucho tiempo para seguir tranquilizándolo. Ella confiaba en que su amiga cumpliría su palabra de que su celebración no sería alocada en lo absoluto, así que la discusión se debía terminar allí. Juan tenía que irse para que ella tuviera tiempo de arreglarse, de tal forma que, cuando vinieran por ella, pudiera salir sin dilación. Juan no tuvo más remedio que despedirse de su novia y salir de casa y Sofía al fin pudo prepararse. A las diez de la noche ya estaba lista y a la espera de Bárbara y las demás. Miraba por la ventana en su pequeño departamento de Malasaña, que pronto dejaría de ser suyo, pues se mudaría a vivir con Juan Ignacio a un lugar mucho más adecuado para la esposa de un heredero empresario más o menos acomodado. Suspiró viendo a la gente pasar por la calle ese viernes por la noche y vio hacia la mesa. Juan Ignacio le había traído sus chocolates. Serían deliciosos, como siempre, pero los había recibido sin emoción alguna, porque estaba tan acostumbrada a recibir chocolates los viernes por la tarde que era prácticamente un paso natural de sus días, como ir a comprar el pan o cepillarse los dientes en las mañanas.

Vio de repente que el coche de Bárbara se estacionaba frente a su edificio y su amiga se apeó. Ella se asomó la ventana y le dijo que esperara, que en seguida estaría con ella. Bajó corriendo a encontrarse con Bárbara.

—¿LISTA para tu última noche de libertad? —preguntó Bárbara.

—PERO ¿de qué hablas? —respondió Sofía, algo extrañada mientras se introducía al coche—. Aún faltan dos meses para la boda. Más bien estamos haciendo esta despedida demasiado adelantada, ¿no?

—CHICA, ¿es que crees que no vi la lista de los preparativos que has hecho para el gran evento? ¡Son mil cosas que tienes que hacer? A partir de mañana estoy segura de que no te vamos a volver a ver, o solo te veremos para que nos insultes por algo, porque vas a estar muy estresada por los preparativos y nos vas a reclamar cosas, porque no escogimos las flores adecuadas o porque seguramente cometeremos algún error con las servilletas. Vamos, que no eres la primera en casarse y ya todas sabemos cómo va la cosa. No te preocupes, que hoy vas a pasarla en grande, tanto que hasta te va a alcanzar para esos días en los que vas a estar estresada. Vas a recordar esta noche y seguro que vas a poder respirar un poco y seguir adelante.

Sofía miró a Bárbara con algo de escepticismo.

—Lo último que necesito es una borrachera que quede completamente fuera de este mundo, Bárbara.

—¿Y quién habló de borrachera?

—Entonces, ¿cómo se supone que la voy a pasar tan bien?

—Oye, pero ¿es que acaso una borrachera es la única forma de pasársela bien? Claro que no.

—Y nada de desnudistas.

—¡Qué desgracias contigo, Sofía! Es muy difícil preparar algo para la amiga aburrida, ¿sabes? Te quejas mucho de que Juan Ignacio es el aburrido, pero tú no te quedas atrás, maja.

Rieron del chiste y partieron rumbo a La Vaquita, uno de esos lugares de moda en Madrid, que en esa época hacían las delicias de los jóvenes y no tan jóvenes. Por supuesto, al llegar el sitio estaba repleto de chicos pijos y muy atractivos, vestidos provocativamente, de manera algo estrafalaria, como era lo común en los noventa. Sofía iba con su largo cabello liso y un vestido rojo ceñido al cuerpo, algo más provocativa de lo que normalmente iba, pero la ocasión lo ameritaba, no porque fuera a buscar hombres ni nada por el estilo, por supuesto que no, sino porque era la clase de ocasión en la que se suponía debía dejar de lucir tierna e inocente para empezar a verse como una mujer provocativa y hecha y derecha. Después de todo, muy pronto se iba a casar, ¿no?

LAS CHICAS ERAN cuatro en total, aparte de Sofía: Bárbara, por supuesto, Silvia, Diana y Catalina. Todas habían sido un grupo de amigas más o menos inseparables durante los años de la universidad, aunque no había certeza alguna de que siguieran siendo tan unidas de ese momento en adelante, porque cada una tomaría su camino y quién sabe hacia dónde serían dirigidas. Las probabilidades de que terminaran alejándose eran altas, y aunque no lo decían, las cinco lo sabían muy bien. Sofía sería la primera en casarse, y tal vez la primera en tener hijos. Sus preocupaciones no serían las mismas de una chica del común, como eran las preocupaciones en ese momento de las otras. Ahora tendría que atender a un esposo, un hogar, que cumplir con verdaderas responsabilidades de mujer casada. Tal vez por eso Sofía se vistió para la ocasión. Sabía que, desde ese día de su despedida de soltera hasta su boda, podría compartir con sus amigas de la universidad y, tal vez, esos sería los últimos días en los que realmente estarían juntas, en los que serían amigas de verdad. Luego… quién sabe lo que sería de ellas luego.

Sofía bebió, en efecto. No bebía más de la cuenta, pues

nunca manejó muy bien el alcohol, pero le gustaba tener una mimosa en su mano. La granadina le otorgaba un toque algo dulce a su bebida, que era maravillosa, al punto de que la alegría, la felicidad, parecía adquirir un sabor espumoso y ligeramente picante en su boca. Sí, definitivamente se sentía más que feliz. La mimosa era, tal vez, la única bebida que podía hacerle perder el control. Justamente por eso, Bárbara llegó directamente a la barra y pidió varias bebidas, entre ellas una mimosa exclusivamente para Sofía. ¡Tenía que hacerla feliz esa noche!

Por supuesto, Sofía y sus amigas atrajeron la mirada de muchos de los pavos en el garito. Las cinco eran chicas hermosas y se veían alegres. Bárbara era especialmente expresiva y desinhibida y no tenía novio —en ese momento, porque con Bárbara nunca se sabía si había regresado con Omar, con Diego o con Alberto, o había aparecido uno nuevo por allí—, así que las miradas lascivas y los bailes sensuales dirigidos hacia los muchachos no se hicieron esperar. De todas, la más recatada era Sofía. Se le acercaron dos otros pavos, pero siempre lo mismo.

—Es un caso perdido, mi amor —le explicaba al chaval la desinhibida Bárbara—. Estamos aquí celebrando su despedida de soltera. ¡La muy tonta se va a casar apenas a los veintisiete! No sabe que aún le queda mucha juventud por delante.

—¡Hombre! Pero eso no te tiene por qué impedir bailar un poco, ¿no? Un baile solamente, linda.

. . .

—MUCHAS GRACIAS —respondía Sofía con enorme amabilidad—, pero prefiero portarme bien esta noche.

—NO LE INSISTAS, cariño —decía Bárbara, que en ese mismo momento se lanzaba a los brazos del chico—, que por más que le des razones, no escuchará ninguna. Mejor vamos a bailar nosotros, ¿sí?

EL PAVO, por supuesto, aceptaba la invitación de la alegre Bárbara. Para él no era importante bailar con Sofía, con Diana o con Silvia, lo importante era ligar con alguna de las chicas que estaban más buenas esa noche, y las del grupo eran, sin duda, el premio mayor.

De un momento a otro Sofía se vio rodeada, junto a Silvia y Catalina, de un grupo de chavales que las invitaron a bailar. Eran todos muy atractivos y de seguro sería un enorme placer para cualquier muchacha pasar un rato con ellos.

—PERO NO QUEREMOS DEJAR sola a nuestra amiga. Ella sí que no va a bailar, porque está comprometida y es muy fiel a su novio.

—¡AY, Catalina! —respondió Sofía, algo indignada—. No tenéis que quedaros aquí conmigo. Mira a Bárbara, que no ha parado en toda la noche y no le ha importado dejarme más de una vez.

—¡AY! Ya conoces a Bárbara —respondió Catalina—. Pero no queremos dejarte aquí, aburrida.

. . .

—NO ESTOY ABURRIDA. ¡Id a bailar! ¡Tranquilas! Estaré bien aquí. Mirad que estoy feliz igual, porque rompí mi promesa y he bebido más mimosas de las que me prometí. No os preocupéis, que solo voy a pedir una nueva copa y os aseguro que estaré muy contenta yo, solo con mi jugo de naranja.

Las chicas no lo pensaron mucho más y se fueron a la pista de baile con los pavos, que se mostraron felices de habérselas arrebatado a Sofía. Ella se bajó media copa de cóctel de un solo tirón. Cerró los ojos un poco y se dijo a sí misma:

—¡JODER! Creo que estoy borracha —Miró hacia su alrededor y se dio cuenta de que el suelo se le movía un poco—. Debería dejar de beber… Pero una más no me hará daño.

SOFÍA SE DIRIGIÓ hacia el bar, abriéndose paso como pudo entre los juerguistas que solo querían una copa más. El barista la vio y le sonrió. No era extraño, porque Sofía recibía muchas sonrisas de chicos esa noche. Muchos la miraban. Muchos la deseaban. Algunos trataban de ser discretos, otros no lo eran tanto, pero todos miraban a Sofía. Todos, incluyendo a Lautaro.

Él estaba allí, sentado en una de las altas sillas del bar, bebiéndose su whiskey puro. Miraba a Sofía con cierta indiferencia, pero esa indiferencia era solo una fachada. Había decidido que esa chica sería suya esa noche y todas las noches que desease. Sofía no lo sabía, pero estaba condenada. Le pertenecía a Lautaro.

Sofía no se había dado cuenta de su existencia, pero él sí que se había dado cuenta de la existencia de ella. La había visto desde el mismo instante en el que entró en el garito, junto a Bárbara y las otras chicas. Sofía destacó demasiado con su perfecta figura con su vestido rojo ceñido al cuerpo. No se veía estrafalaria como las demás, sino sensual y algo sofisticada, justamente el tipo de chica que le gustaba a Lautaro.

—YA ESTÁ PAGADO —dijo el barista a Sofía cuando esta le ofreció el billete con el que pagaría su bebida—. No tenéis que preocuparos ni tú ni tus amigas. Todo lo que consumáis esta noche está pagado ya. De hecho, a esa amiga tuya, la de pelo negro corto, creo que se llama Bárbara, vamos a devolverle lo que ha pagado hasta ahora.

—PERO ¿cómo? —preguntó Sofía, algo confundida—. ¿Cómo que nuestras bebidas están pagadas?

—Sí, están pagadas.

—PERO, ¿quién las ha pagado?

EL BARISTA solo dirigió su mirada hacia Lautaro y eso fue suficiente como para que Sofía se fijara en él. Fue ese momento en el que ella lo vio por primera vez. ¡Qué impacto tan terrible sufrió Sofía solo con verlo! Lautaro era un hombre que imponía solo desde su apariencia. Era un verdadero macho, de esos que exudaba naturaleza masculina desde su piel y tenían a su alrededor un aura intimidante y casi impenetrable, como un escudo transparente que lo rodeaba.

Lautaro levantó su vaso de whiskey y saludó a Sofía con una sonrisa entre sardónica y prepotente. Era un hombre que podía ser todo lo prepotente que quisiera en el mundo y no habría nadie que se atreviera jamás a contradecirlo en absolutamente nada.

Extrañada, Sofía tomó su mimosa y se acercó a Lautaro, que no se movió ni un ápice al verla acercarse, excepto cuando ya ella estuvo frente a él. Entonces, se levantó de su silla y se mostró en su total esplendor. Aquello no era un hombre, era una estatua griega, perfecta, absolutamente ideal, cubierta apenas por un simple traje que no era capaz de ocultar su verdadera naturaleza. Casi parecía hecho de mármol, como esas mismas estatuas. Era alto y se le notaba extremadamente fuerte, como hecho de piedra, justamente. Su piel era ligeramente morena y tenía una cuidada barba muy corta y perfectamente definida. Su corte de cabello era igualmente cuidado y perfectamente controlado. No era ni muy largo ni muy corto. Sus ojos eran oscuros y tenían una forma agresiva, como los de un león que observaba fijamente a su presa y sabía muy bien que tendría que hacer lo que fuera necesario para mantenerla bajo su control. Lo lograría, sin lugar a dudas.

—HOLA —dijo Sofía, algo tímidamente.

—HOLA.

HASTA LA VOZ de Lautaro expresaba una reciedumbre poco usual. ¡Casi irrumpió como un tsunami por encima de la música y no tuvo ninguna dificultad en opacarla casi por completo!

. . .

—Me ha dicho el barista que le has pagado nuestras bebidas.

—Así es, preciosa.

—Gracias... Pero no hace falta. Estamos bien.

—Claro que no, preciosa. No es nada. Considéralo mi regalo.

—¿Tu regalo?

—Sí, mi regalo. ¿Acaso no vas a casarte?

—¡Ah! —Sofía reaccionó con algo de sorpresa—. ¿Cómo lo sabes?

—Pues esa amiga tuya se ha encargado de difundirlo y creo que la mitad del garito ya sabe que te vas a casar.

Sofía vio hacia Bárbara, que seguía bailando con un chico sin prestar atención a nada de lo que ocurría a su alrededor. Movía su cuerpo sensualmente y el muchacho frente a ella se veía extremadamente emocionado, convencido, tal vez, de que esa noche se comería a una preciosa chica recién graduada que celebraría hasta perder la conciencia, con suerte, en sus brazos.

—No me extraña. Bárbara es algo… No se guarda nada.

—Sí, ya lo noté. Pues nada, este es mi regalo de bodas.

—No tiene que molestarte.

—Claro que tengo que molestarme. Es lo mínimo que puedo hacer.

—¿Lo mínimo que puedes hacer?

—Claro.

—Pero ¿acaso crees que tienes alguna deuda conmigo o con alguna de nosotras?

—Una deuda no, pero… —Lautaro sonrió prefirió dejar la conversación hasta allí. Extendió su mano enorme y fuerte hacia Sofía—. Soy Lautaro.

—¿Lautaro? —Sofía se sintió algo sorprendida por el inusual nombre del hombre frente a ella—. Un gusto.

· · ·

ÉL SONRIÓ e invitó a Sofía a sentarse a su lado.

—CREO que lo mejor sería regresar al lugar en el que estaba con mis amigas. Puede ser que después no me encuentren y...

LAUTARO MIRÓ a Sofía con tal profundidad que ella no pudo seguir hablando. Algo dentro de ella se derrumbó de repente. Sin darse cuenta, se había sentado junto a Lautaro, porque tenía que saber más de aquel hombre, súbitamente, la había hechizado. Él sonrió, porque supo de inmediato que había logrado su cometido: Ahora Sofía era suya. No había forma de que pudiera escapar de él. Sofía, sin embargo, nunca se hubiera imaginado en ese momento que ya había sido atrapada. ¿Cómo pudo haberse imaginado algo así? Ni siquiera a lo largo de la conversación que tuvo con Lautaro, en la que descubrió más sobre él, pudo haber percatado de los planes que él tenía para con ella.

Lautaro pertenecía a una acaudalada familia chilena —de allí su particular nombre indígena— que se había asentado en España desde hacía muchos años. Él había nacido en Santiago, pero con trece años, se mudó con toda su familia a Madrid. Huyeron de los vaivenes políticos del país del sur, que no alcanzaría su estabilidad sino hasta muchos años después, ya cuando para la familia de Lautaro no tenía ningún sentido volver a su país de origen. Así, Lautaro había pasado la mayor parte de su vida en España, al punto de que ya ni siquiera tenía rastro alguno de acento americano.

Tenía treinta y cinco años ya, así que era un hombre maduro, mucho mayor que Sofía, por supuesto, y era el director ejecutivo de una gran corporación que había fundado su familia en España tan pronto se asentaron en su nuevo país y cuyos negocios eran extremadamente variados. Lautaro tenía dinero, mucho, lo que se notaba en la apariencia de su traje, en el reloj que llevaba puesto, en la seguridad con la que mantenía su postura delante de ella, por el hecho de que había comprado una botella del whiskey más caro en el garito y que la consumía con una parsimonia casi inquietante. Lautaro era de la clase de hombre que obtenía todo lo que quería, porque no se dejaba vencer por ninguna adversidad ni aceptaba ninguna imposibilidad. Eventualmente, podría lograrlo todo.

—Sofía —dijo Catalina, acercándose a su amiga, mirándola con algo de inquietud y sonriéndole protocolariamente a Lautaro—, ¿puedo hablar contigo un momento?

—¿Qué ocurre, Catalina?

—Solo quiero hablar contigo, es todo.

Sofía miró a su amiga con desconfianza, pero le pidió a Lautaro que la disculpara por un minuto. Él accedió y tomó un sorbo de su whiskey, viendo a Sofía y a Catalina acercarse a las demás chicas.

—Sofía —dijo Bárbara, un poco molesta—, ¿quién es ese tipo? Tienes más de una hora hablando con él.

· · ·

—Es solo alguien que me invitó una copa.

—No te invitó una copa a ti, sino a todas. ¡Pagó todo lo que hemos consumido hasta ahora!

—Pues bueno, deberíamos todas estar agradecidas con Lautaro, ¿cierto?

—¿Agradecidas? ¡Ay, Sofía! ¿De verdad puedes ser tan inocente? Esa no es más que la vieja táctica de pagarle una bebida a un grupo de tías para pescar a alguna... Y en este caso, el tío ha visto que eres la más vulnerable.

—Por favor, chicas, que no es nada. Solo estoy hablando con un hombre agradable, es todo.

—Pues no deberías, ¿sabes? Recuerda que dentro de poco te vas a casar con Juan Ignacio, el hombre de tu vida. Sí recuerdas a Juan Ignacio, ¿no?

—¡Ya, Bárbara! Por favor, déjame disfrutar la noche. Solo estoy teniendo una conversación agradable con alguien, es todo.

Las chicas no pudieron hacer más. Vieron, sorprendidas, que Sofía se alejaba para volver a sentarse junto a Lautaro. Las cinco hicieron una rueda y se miraron sorprendidas.

. . .

—¿Qué creéis que debemos hacer? —preguntó Catalina.

—¿Qué vamos a hacer? —dijo Silvia—. Sofía ya está bastante crecidita. Ella verá lo que hace.

—¡No lo puedo creer! —exclamó Bárbara, que no podía concebir la inexplicable conducta de Sofía—. ¿Sofía prestándole atención a un hombre diferente a Juan Ignacio?

—No sé por qué te sorprendes, Bárbara —reclamó Silvia nuevamente—. ¡No me miréis así! Todas sabemos muy bien que Sofía nunca estuvo muy convencida de Juan Ignacio. ¿Acaso me vais a decir que la habéis visto todo este tiempo como la chica más enamorada del mundo? ¿La habéis visto rozando el cielo o algo por el estilo?

Todas hicieron silencio. En efecto, Sofía siempre había tenido dudas, desde el principio de la relación, e incluso cuando ya esta parecía haberse consolidado al punto de que el destino de ambos era el matrimonio, Sofía nunca terminó de mostrarse realmente enamorada. Sin embargo, lo que parecía totalmente insólito para todas era que Sofía, justo en la noche de su despedida de soltera, se mostrara repentinamente tan abierta a las atenciones de un desconocido.

. . .

—CREO que ese tipo es uno de esos que buscan tías borrachas en los garitos y se aprovechan —dijo Bárbara, algo indignada —. Detesto a esos tipos.

VOLVIERON A MIRAR HACIA SOFÍA, que seguía riendo ante las palabras de Lautaro y él seguía mirándola con una determinación intimidante. La controlaba por completo con la mirada y ella, incapaz de hacer nada para evitar ese control que Lautaro ejercía sobre ella, solo lo aceptaba sin más, sin quejarse y sin oponerse. Lautaro le decía a Sofía que una chica como ella podía tener todo lo que deseara, que cualquier hombre del mundo sería capaz de hacer lo que fuera por ella, porque ella era perfecta.

—¿DE verdad vas a casarte con alguien de quien no estás convencida?

—¿CÓMO sabes que no estoy convencida de Juan Ignacio?

—PUES... porque casi no me has hablado de él en toda la noche. Me has dicho que recientemente terminaste tus estudios y que solo estás esperando a recibir tu título, que tus amigas a veces son unas pesadas y unas hipócritas, que no sabes si tendrás un buen trabajo de ahora en adelante... Lo único que me has dicho de tu prometido es que se llama Juan Ignacio y que no quieres trabajar con él en su empresa, que es próspera y todo lo demás, pero que no te imaginas estando con él las veinticuatro horas del día. Eso es lo que me has dicho de él: que no podrías soportar estar con él un día completo.

. . .

—NO TE HE DICHO ESO.

—NO HACE falta que me lo digas. Es muy fácil deducir lo que quieres decir. Lo único que he podido concluir es que no estás para nada convencida de que Juan Ignacio sea el hombre de tu vida, el que necesitas y al que amas con toda tu pasión.

AMBOS HICIERON UN LARGO SILENCIO. Sofía vio hacia sus amigas, que cuchicheaban entre sí, viendo hacia ella. Sabía que se preguntaban qué hacer. Sabía que planificaban la forma de separarla de Lautaro y regresarla a la comodidad de su vida de todos los días, a la practicidad de su vida segura.

—DIME UNA COSA —dijo Lautaro de repente—, ¿qué sientes cuando Juan Ignacio te toca?

—¿CÓMO? Creo que no puedo responderte eso.

—¿POR qué no?

—PORQUE ES ALGO ÍNTIMO. ¡Por favor!

—NO DEBERÍA SER TAN ÍNTIMO. Se supone que te casas con quien te hace sentir como que el cuerpo y el corazón se te salen por la boca. ¿Acaso sientes eso? ¿Sientes que el mundo te da vueltas, que el suelo se te mueve cuando él se te acerca?

SOFÍA HIZO SILENCIO. Por supuesto que no sentía nada de eso con Juan Ignacio. Con él sentía todo lo contrario: su cuerpo, su corazón y el suelo sobre el que caminaba eran extremadamente firmes, duros y terriblemente estables. No habría ninguna sorpresa o sobresalto con él. Por supuesto, Sofía no podía decir eso, porque desde hacía mucho se había prohibido a sí misma confesarse semejante verdad, que el hombre con el que se iba a casar no le movía el suelo, ni las entrañas y el corazón apenas sentía una ligera alegría, no muy diferente a la que sentía cuando saludaba a Bárbara luego de algunos días sin verla, o cuando hablaba con su madre por teléfono. Sofía volvió a ver a sus amigas. Seguían cuchicheando.

—TENEMOS que alejarla de ese tío —insistió Catalina—. Y no importa lo que digas, Silvia. Sé que tú eres de las que piensa que cada quien haga lo que quiera y que pague las consecuencias de sus actos, pero... ¡Sofía está borracha! No podemos dejar que cometa un error como el que parece que va a cometer, no si podemos evitar que lo cometa...

—CHICAS... —dijo Diana.

—SOFÍA A VECES ES un poco tontita —continuó Catalina—, así que creo que debemos defenderla de...

—CHICAS... —insistió Diana

. . .

—DEFENDERLA de esos tíos que son como buitres. Sabes que…

—¡CATALINA, ya cállate y escúchame! —gritó Diana. Todas voltearon a verla.

—¡¿QUÉ pasa, Diana?! —preguntó Bárbara.

—¡SOFÍA se está yendo con el tipo!

—¿QUÉ?

TODAS VOLTEARON Y, con total sorpresa, vieron que Sofía ya estaba saliendo en ese mismo instante por la puerta del garito hacia la calle. ¡Qué coño! ¿De verdad Sofía se estaba yendo con ese desconocido al que había visto por primera vez desde hacía menos de dos horas? ¡Uno nunca termina de conocer a la gente!

Las cuatro chicas corrieron detrás de Sofía y Lautaro, pero tuvieron que sortear a toda la gente en el camino, que bailaba y bebía, ajenos al drama que ocurría en ese mismo instante. ¿A dónde iba Sofía? ¿Cómo era posible que, de verdad, esa chica estuviera en ese momento saliendo con ese tal Lautaro? Salieron a la calle y vieron en todas direcciones, pero no hubo rastro ni de Sofía ni de ese hombre.

. . .

—¡Estoy segura de que algo le puso ese tipo en la bebida a Sofía! —gritó Silvia, angustiada.

—¡Ay, por favor! —dijo Catalina—. ¿Y tú no eras la que decía que Sofía podía hacer lo que le diera la gana?

—Sí, es verdad —respondió Silvia, angustiada—, pero no me imaginé que Sofía se iba a ir con ese tipo, la muy puta. ¡Nunca me imaginé que Sofía haría algo así! ¡Con esa cara de tonta que tiene!

—¡No digas eso de Sofía!

—¡Basta las dos! —ordenó Bárbara, imponiéndose ante todas como la líder natural que era dentro del grupo de amigas—. Dejad de discutir. Lo importante es que encontremos a Sofía y se la arrebatemos al tipo ese.

Sin embargo, no hubo nada que hacer: de repente, delante de todas apareció un coche deportivo negro extremadamente lujoso y hermoso, con las ventanillas cerradas, pero eso no impidió que todas pudieran ver hacia su interior. Allí estaba Sofía, viéndolas con ojos sorprendidos. Ella misma estaba asombrada de lo que hacía, pero no se detuvo. Vio a Bárbara y a sus demás amigas de pie en la calle, corriendo unos metros tras el coche, llamándola y rogándole que no cometiera la locura que cometía justo en ese instante. «¡Piensa en Juan Ignacio!», gritó Bárbara. Sí, Juan Ignacio sería muy lastimado, ella lo sabía, pero... Juan no era un hombre, sino una máquina, y en su pecho no había un corazón sino una bomba de sangre, así que seguro encontraría la forma más eficiente y racional para reponerse a la ligera molestia que le causaría su traición imperdonable. Sofía suspiró y volteó a ver a Lautaro. A su lado había al fin un hombre.

Mientras tanto, de pie sobre la calzada, Bárbara y las otras miraron incrédulas el coche que doblaba en una esquina y desaparecía de su vista. Tuvieron que apartarse cuando otro coche hizo sonar su bocina detrás de ellas, pues impedían el paso. Se miraron entre sí. Sin decirse nada, se preguntaban qué había pasado, cómo había pasado, por qué había pasado y, lo más importante, cuál de todas le contaría a Juan Ignacio lo que había pasado. ¡Qué coño! Pero ¿¡qué coño nos has hecho, Sofía?! ¡Maldita traidora!

CAPÍTULO SIETE

$\mathcal{E}$l coche avanzaba a toda velocidad por entre la negrura de la noche. Sofía no sabía a dónde la llevaba Juan Ignacio, pero no le importaba.

—Creo que me estás raptando, ¿cierto? —preguntó Sofía al hombre a su lado, que controlaba con firmeza el poderoso armatoste de metal.

—Si quieres que te deje en algún lugar conocido, puedo hacerlo. Solo vendrás conmigo si estás segura.

—No estoy segura. ¿Cómo voy a estar segura, por Dios?

—Entonces, ¿te llevo a tu casa? Me dijiste que vives en Malasaña, ¿cierto?

—¡No! No estoy segura, pero eso no significa que no esté dispuesta. Llévame contigo.

—¿Y tu novio?

Sofía miró a Lautaro un segundo, pero no respondió. Luego volteó hacia el exterior y miró la negrura que pasaba frente a ella.

—Llévame contigo, Lautaro —dijo—. Solamente llévame.

Y avanzaron por un largo rato en silencio. Sofía no sabía lo que hacía ni lo que pensaba. No tenía ni idea de por qué hacía lo que hacía. Sin embargo, no tuvo mucho más tiempo para pensar. De repente, sonó su teléfono celular dentro de su bolso. Lo sacó de su interior y lo abrió. Era un StarTAC, tan en boga en ese momento. Vio que era Bárbara quien la llamaba. Colgó sin contestarle. Entró en la configuración del teléfono y lo silenció. Sabía que la llamarían una y otra y otra vez, primero Bárbara, luego Silvia, posteriormente Diana… Eventualmente, la llamaría Juan Ignacio. Esas serían las llamadas más duras. No le importó. Prefería avanzar hacia la negrura de la autopista a esa hora, junto a Lautaro. Revisó la hora: eran las tres y ya habían pasado algunas horas en carretera.

—¿A dónde vamos?

—Ya verás —respondió Lautaro—. No te preocupes, que no será a una mazmorra ni nada por el estilo. Todo lo contrario. Yo voy a cuidarte y te voy a tratar muy bien —Hizo un breve silencio—. ¿Ya quieres hablar? Estabas muy silenciosa. Entiendo que estás nerviosa, por eso no te quise presionar.

—Tengo muchas llamadas perdidas. Mis amigas me han llamado mucho.

—Claro, me imagino que así ha de ser —Nuevamente, un largo silencio—. ¿Y él? ¿Ya te llamó?

—No —respondió Sofía, luego de un breve silencio.

—Estará bien. No eres una mala mujer, solo estás haciendo lo que es mejor para ti, lo que sientes como lo más correcto. No te sientas mal por nada, ¿entiendes?

Sofía no respondió, así que Lautaro no siguió hablando. Solo dijo para cerrar:

—Duerme y tranquilízate un poco. Yo te avisaré cuando lleguemos, ¿sí?

Sofía miró a Lautaro y se embelesó por un momento en su figura perfecta y en sus brazos gruesos y fuertes. Se dio cuenta de que no había besado a ese hombre ni la primera vez, y sin embargo allí estaba ella, huyendo de una vida que ya estaba arreglada para adentrase en una que no le prometía nada, porque todo lo que había al frente era una autopista negra por la que avanzaba demasiado rápido hacia un destino desconocido. Suspiró una vez más y se recostó sobre el cómodo asiento. Se sentía un poco mal por el exceso de alcohol, pero sobre todo porque los arrepentimientos se le revolvieron en el estómago, pero cerró los ojos y, asombrosamente, logró concebir el sueño, así que se durmió. Soñó con Juan Ignacio y él le sonreía y le decía que todo estaría bien y que él lograría salir adelante, pero la voz de Bárbara, desde el fondo de su consciencia, le decía que ese sueño que tenía no era más que un ridículo intento de su parte por limpiar su consciencia. ¡Claro! ¡Sueña con el hombre al que le has hecho tanto daño e imagínatelo aceptando su herida con naturalidad y estoicismo! ¡Qué cínica eres!

Se despertó de repente cuando sintió que el coche se detenía. Miró a Lautaro a su lado, que le sonreía. Sofía miró hacia el tablero del coche y buscó el reloj. Eran las cuatro de la mañana.

—Hemos llegado —dijo Lautaro.

—¿Dónde estamos?

—En Málaga.

—¿En… Málaga? —dijo Sofía, sorprendida—. Pero hemos llegado en… ¿cuatro horas?

—Soy bueno al volante —respondió Lautaro, sonriendo—. Vamos, que tal vez necesites descansar un rato. ¿Te sientes bien?

—Sí. Dormí un poco y me siento bien.

—Pues me alegra.

Lautaro se bajó del coche y corrió al otro lado para abrirle la puerta a Sofía. Cuando ella se bajó y vio la casa frente a ella, no lo podía creer. ¡Era la casa más enorme y hermosa que jamás había visto en su vida! Parecía una de esas casas de revista a las que simples mortales solo pueden soñar con acceder justamente a través de las páginas de las revistas y, tal vez, si lograban pagar una buena suma de dinero para tener derecho a pasar unos días en un lugar así. De resto, gente como ella o como el propio Juan Ignacio tenían que conformarse con la casa de Alicante, que era linda, sí, pero no era como esto frente a sus ojos. Lo que tenía frente a ella era simplemente… ¡Era otro mundo!

—¿Te gusta? —preguntó Lautaro.

—Pero ¿qué pregunta es esa? —respondió Sofía, casi incrédula de que ese hombre pudiera hacer una pregunta cuya respuesta era tan terriblemente obvia—. Me encanta. Esta casa es… ¡Es un sueño!

—Pues me alegra que te guste, porque ahora es tuya.

—¿Cómo? ¿Mía? ¿De qué hablas?

—No me hagas caso. Ven adentro, que seguramente la quieres conocer.

Al entrar en la mansión, la belleza de la propiedad explotó frente a Sofía de una forma totalmente inesperada. Era una casa enorme, que te recibía con un vestíbulo con hermosas flores amarillas en una mesa grande en el centro del espacio, y luego unos sillones se veían a un lado, definiendo un gigantesco salón. Del otro lado estaba la cocina, abierta al espacio general de la casa, que era enorme y generosa. ¿Cómo podía ser esa casa real? ¿Cómo podría alguien creer que ese lugar pudiera existir de verdad?

En la sala había una chimenea encendida. Era hermosa y grande e iluminaba tenuemente ese lugar en torno a ella. La casa era moderna, pero tenía al mismo tiempo un aire tradicional discreto y cálido.

Frente a la chimenea había una mesa pequeña con dos copas y una cubera de hielo con una botella de Don Perignon 1961, del conocido popularmente como Charles & Diana, porque fue el que se sirvió en la boda de los príncipes de

Gales en 1981. Sofía lo reconoció de inmediato y no podía creer que esa botella del legendario champagne estuviera allí, lista para ser servida.

—¿De verdad vas a abrir esa botella? —preguntó, incrédula.

—Sí, claro que sí.

—No es... ¡No es necesario! Es decir, ¿cuánto cuesta esa botella? ¿Doscientos millones de pesetas? —En aquel tiempo, en 1996, aún no había euros, por supuesto—. Es... ¡demasiado!

—No. Cuesta mucho más, pero no es demasiado. Nada será nunca demasiado para ti. Tienes que acostumbrarte a que, de ahora en adelante, nada será demasiado para ti.

Lautaro, entonces, abrió la carísima botella del espumoso francés y la sirvió en las dos copas. Le ofreció una a Sofía, sonriéndole.

—Ven conmigo —dijo—. Vamos a disfrutar del calor de la chimenea y a estar juntos. ¿No quieres estar junto a mí?

—Por supuesto que quiero.

—Te ves insegura.

—¿Cómo no voy a estarlo? Esto es tan... parece un sueño.

—Pero no lo es, mi amor. No es un sueño.

Sofía tomó un sorbo del espumoso, el más absolutamente delicioso que había probado en toda su vida. Siempre le pareció una locura que pudieran existir simples bebidas tan extremadamente caras como ese champagne, pero ahora que lo probaba por primera vez, le parecía perfectamente razonable. Nunca había bebido nada que fuera tan trascendental. Era justamente la clase de bebidas encajaba con la fuerte y recia figura de Lautaro. Él también bebía a sorbos, mientras contemplaba a Sofía. Sin embargo, se acercó a un reproductor de sonido en uno de los muebles a un costado del salón y lo encendió. Sonó una música suave y romántica, perfecta para la velada.

—Al fin estás viviendo la vida que te mereces, mi amor —dijo él, de repente.

—Pues… No sé de dónde me he sacado esta vida. ¿Por qué habría de merecérmela?

—Porque yo quiero que te la merezcas. Eres un sueño para mí, ¿sabes? Eres la mujer más hermosa que jamás he visto en mi vida. Desde que te vi, en ese garito, supe que tenías que ser mía y decidí que serías mía para siempre. ¿Sabes que nunca nadie puede contradecirme? ¿verdad? ¿Sabes que siempre obtengo lo que quiero?

—Sí, lo sé. Me lo has dicho.

—Pues lo que quiero es que tú tengas la mejor vida del mundo, la vida que te mereces, y voy a darte esa vida.

Lautaro tomó a Sofía y ambos dejaron sus copas en la pequeña mesa frente a la chimenea, que seguía ardiendo con entusiasmo para calentar el salón para los amantes. Por un minuto, bailaron sensualmente, mientras Lautaro, sin pedir permiso y sin refrenarse, tocaba todo el cuerpo de Sofía. ¡Qué maravilloso sentía sus manos! Sí, esa mujer era la más hermosa que había visto en toda su vida. Por su parte, Sofía abrazó a Lautaro y llevó sus manos a las anchas espaldas del macho. ¡Qué sensación tan extraña tocar aquella superficie repleta de sobresalientes protuberancias! Aquel hombre era fuerte, muy fuerte, como nunca creyó que un hombre podría ser. Lo comprobó por la forma y la firmeza con la que la abrazaba. Era como el abrazo de un oso que se había aferrado a una presa a la que sabía que tenía que controlar. Ella, Sofía, era la presa y sabía que no tenía escapatoria. En cualquier caso, poco le importaba, porque no quería tener escapatoria. Eso era lo más insólito de todo.

Al fin, Lautaro se inclinó sobre Sofía y la besó por primera vez. En ese instante, ella supo que jamás había sido besada de verdad. ¡Lo de Lautaro sí que fue un beso! Sin pudor y sin vergüenza alguna, aquel hombre invadió por completo a Sofía, dejándola sin aliento y sin fuerzas. La lengua de Lautaro era poderosa y sabía dirigir perfectamente a Sofía, que a pesar de que ya no era virgen, se sintió tan inexperta como hacía unos años, cuando había ido a la cama por primera vez con Juan Ignacio. Con Lautaro todas las mujeres se sentían inexpertas no una vez, sino todas las veces que estuvieran con él, porque tenía la capacidad de reducirlas a todas a pequeñas muchachas jóvenes que no sabían qué esperar de su macho. ¡Lautaro era una caja de sorpresas!

Sofía no lo conocía y nunca había estado con él, pero sabía perfectamente que era todo lo contrario a Juan Ignacio: aventurero, determinado, espontáneo y un macho que era como una ráfaga de vientos huracanados dispuestos a llevarse todo lo que se interpusiera en su camino. No pediría disculpas jamás a quien tuviera que destruir con tal de alcanzar sus objetivos. Sofía nunca tuvo la oportunidad de negarse a él y ella lo comprendió a través de ese beso. Si ella le hubiera dicho desde un principio que le sería fiel a Juan Ignacio, que no podía irse con él y si hubiera acudido al auxilio de sus amigas, igual hubiera terminado en esa casa de Málaga, frente a esa chimenea. Quién sabe mediante qué otro camino hubiera llegado a ese punto, pero sin duda alguna hubiera llegado justo allí, porque Lautaro así lo había decidido desde el primer instante que la vio, mucho antes de dirigirle la primera palabra.

Sofía, sin embargo, se sentía afortunada de haber sido elegida por ese hombre. Lo disfrutaría por el tiempo que durara, así tuviera que pagar con su reputación y sus amistades, porque estaba segura que desde Bárbara hasta Silvia le retirarían la palabra por lo que le había hecho a Juan Ignacio y lo que les había hecho a ellas, al tener que enfrentarse a él y contarle sobre lo ocurrido en el garito. En cualquier caso, todo valdría la pena. ¡Todo!

De repente, Lautaro se despertó, su cuerpo se excitó, se

salió de control y la fuerza refrenada de la naturaleza que era ese macho se liberó y lanzó su poder sobre la impotente humanidad de Sofía. ¡Ay, qué maravilla y al mismo tiempo que terrible terror! Lautaro se alejó de ella y pudo ver, en sus fríos ojos azules, una sustancia salvaje y malvada que nunca había visto. Juan Ignacio y ningún otro hombre la había visto así. Todos los hombres que antes la desearon solo expresaban lujuria, pero en Lautaro había algo más. ¿Qué era? Lujuria había, claro está, pero también había… ¡Hambre! Lautaro iba a comérsela toda. ¡Toda! Las facciones del macho le parecieron a Sofía más lógicas que nunca. Sus ojos afilados, su nariz recta y respingada, sus labios finísimos, su mentón cuadrado y perfilado, su barba corta y perfectamente cuidada… Todo denotaba que aquel hombre era más que un hombre. Era un animal salvaje con apariencia domesticada, pero su salvajismo tenía que aflorar en algún momento, y afloraba exactamente frente a ella y con motivo de ella. ¡Madre mía!, pensó Sofía, que la que me espera será difícil de superar.

Lautaro tomó a la chica y la giró casi violentamente. Tomó la cremallera de su vestido y lo bajó hábil y rápidamente. El vestido rojo cayó al suelo, y también cayeron su brasier y sus bragas con tal rapidez que casi parecía que una tormenta se los había llevado de repente, arrebatándoselo de su cuerpo. Sofía quedó desnuda tan rápidamente que casi no pudo entender en qué momento había pasado todo. Supo lo que había pasado cuando vio la mirada de Lautaro, contemplándola con el hambre amenazante con la que la veía. Respiraba pesadamente y casi le crecían colmillos, como si fuera un vampiro añorando sus carnes y chuparle su sangre. Pero no era un vampiro, sino un amante deseoso de poseerla.

—¡Joder, tía! —dijo Lautaro—. Eres más hermosa de lo que pensé. ¡Eres perfecta! ¡Eres totalmente perfecta!

Lautaro, entonces, se arrancó su camisa casi de un tirón.

Estaba tan ansioso por Sofía que no había tiempo de desvestirse civilizadamente. ¡Tenía que tenerla cuanto antes! ¡Tenía que hacerla suya ya mismo! ¡Ya! Sofía quedó sorprendida por lo que vio. Ya no tenía que suponer las formas de Lautaro debajo de su traje y de su limpia camisa que seguro valía millones de pesetas y cuyo valor se derrumbó a cero de un solo tirón. A Lautaro no le importó, porque era la clase de hombre que estaba dispuesto a perder un bien para ganar otro de mayor valor. En ese momento, el bien de mayor valor era ella, Sofía, y poseerla, hacerla suya, controlarla y convertirla en su mujer y solo suya era lo único importante.

Lautaro era tan hermoso como Sofía. Estaba a su altura. ¡Era un semental! ¡Era un animal! Cada músculo esculpido en su cuerpo se separaba de los otros mediante secas hendiduras en su piel, que denotaban dónde terminaba uno y dónde comenzaba el otro. Su abdomen era un espectáculo de protuberancias rítmica y simétricamente dispuestas. Era el abdomen perfecto e ideal, producto de fantasías eróticas que se cree solo pueden ser vistas en el arte, en las pinturas y en las esculturas, porque ninguna belleza tan enorme puede existir en la realidad, pero sí que existía y le pertenecía toda esa belleza a Lautaro. Sus pectorales eran enormes, fuertes, casi dantescos, pero estaban salvo justamente antes de hacerse grotescos. Lautaro estaba justamente en esa frontera entre los hermoso y lo exagerado. No llegaba a cruzarla, pero se balanceaba lúdicamente en esa delgada línea.

¡Y nada se puede decir de sus maravillosos brazos! No hay forma de describir adecuadamente a esas formaciones rocosas pegadas a aquel hombre, porque eso no podía ser un brazo, no podía ser piel ni carne ni huesos. Solo podía ser piedra, porque esa era la apariencia que tenían esas exquisitas extremidades, marcadas en su enormidad en cada centímetro cuadrado por músculos poderosos y grasa casi inexistente. ¿Qué no serían capaces de hacer esos brazos? ¿A quién no serían capaces de romper? ¡Nadie podía oponerse a ese hombre! ¡Nadie! ¿Iba Sofía a intentar oponerse a él, siquiera? ¡Por supuesto que no! Y oponerse a la férrea voluntad de Lautaro era lo último que ella deseaba. Ella solo quería ser suya. ¡Ella necesitaba entregarse a él! Lautaro volvió a tomarla y la besó con la intensidad con la que lo había hecho previamente y ella se volvió a entregar de nuevo a él.

—Vas a estar con un hombre la primera vez en tu vida, tía —dijo Lautaro.

—¿Cómo? No, yo…

—No importa nada. No importa que no seas virgen, que eso es lo de menos. Lo que te dijo es la verdad. ¡Nunca has estado con un hombre! ¡Yo soy el primer hombre de tu vida y seré el único!

Poco importa con cuántos has estado antes de mí. Poco importa ese Juan Ignacio y todos los demás, si los ha habido. ¡Yo soy tu primer hombre! ¡El primero!

Y claro que era el primero. ¡No había ningún hombre en el mundo en comparación con Lautaro! El macho se alejó nuevamente de ella y al fin terminó de retirarse los pantalones. Quedó casi desnudo en un segundo. Sofía sintió un pequeño sobresalto cuando vio aquella masa de músculo de las piernas de Lautaro, que sostenían dignamente aquel cuerpo. Eran como troncos de árboles, cubiertas por una delgada capa de vello, que solo las embellecía.

El bulto de su polla era extremadamente intimidante. No la había visto plenamente, pero Sofía estaba segura de que lo que le presentaría Lautaro sería más que respetable. ¡Sería un monstruo digno de ese hombre! Y lo era. Lautaro se terminó de desnudar rápidamente y, en efecto, la cosa que sacó de entre sus intimidades era terrible, casi insólita. Una polla que estaba allí, para destrozarla, surcada de venas azules y con una cabeza roja y jadeante que brillaba porque la humedad y la excitación la preparaban para perforarla sin contemplaciones. Sofía sintió que su coño se volvía agua de inmediato. ¿Cómo no hacerlo? Sabía que sería exigido al máximo, como nunca lo había sido, y su cuerpo se preparaba sabiamente para soportar aquel embate.

Lautaro no esperó mucho más y se lanzó sobre Sofía. Con un beso más intenso aún, con el que chupaba la esencia de la mujer, como si quisiera robarle el alma por la boca, apabulló a Sofía al punto de que ella casi no sabía ni dónde se encontraba ni por qué sentía tanto placer, pero no se quejaba de nada y aceptaba su destino. Se entregó a esa fuerza maravillosa que la dominaba por completo mediante un abrazo que era casi sofocante. Sin darse cuenta, Lautaro la levantó del suelo y la cargó hasta el sofá junto a la chimenea. Era casi como si para él ella no fuera más que una delicada pluma a la que podía llevar de un lugar al otro sin esfuerzo alguno.

Lautaro puso a Sofía sobre el sofá y la aplastó con su peso colosal. Ella lo aceptó sin miramiento alguno y sin quejarse se dejó someter por él. La besaba y le masajeaba el seno casi de forma salvaje.

De repente, Lautaro tomó con su mano el coño de Sofía y la masturbó sin miramientos, sin contenciones de ningún tipo. Las rozaba con poder, con fuerza inaudita. ¡Quería arrancarle ese coño de raíz! ¡Eso era seguro! Sofía sintió que todo el cuerpo se le constriñó incontrolablemente. Gritó desde el primer momento, porque la intensidad de aquello no era como para gemir, sino para gritar desesperadamente.

—¡Ah! ¡Joder! —gritó—. ¡Madre mía!¡Ay, que me lo arrancas todo, tío! ¡Que te me quedas con el coño en la mano!

—¿Quieres que pare, bonita? ¿Quieres que no te lo siga arrancando?

—¡No! No pares, mi amor. ¡Sique! ¡Arráncamelo! ¡Arráncamelo todo! ¡Todo!

Sofía no podía controlar las reacciones de su cuerpo. Lo único que pudo hacer fue sostenerse de los enormes brazos de

Lautaro, que eran tan grandes que ella solo podía abarcarlos parcialmente, lo suficiente tal vez como para no caer como un peso muerto al sofá, pero era difícil asirse a aquellas cosas gigantes. ¡Eran tan duros y tan fuertes! ¡Eran poderosísimos! Tanto que el agarre de Sofía no los movió ni un milímetro. Lautaro podía sostener a Sofía y masturbarla a la vez sin que nada representara para él fuerza alguna que se le opusiera.

De repente, Lautaro se detuvo cuando sintió que Sofía estaba lo suficientemente húmeda como para soportar al fin el verdadero tormento de su reciedumbre viril. Sofía vio, no con cierto nerviosismo, como Lautaro ahora se masturbaba a sí mismo para endurecerse y engrandecer aún más su insólita polla, que babeaba y que quería destruir su coño.

—¿Estás lista, mi amor?

—Lista, papi —Sofía no podía hablar, solo jadear, presa del miedo y la expectación.

—¿Sí? Pues ábreme bien ese coñito, mi amor. Ábrete bien. Ábrete muy bien, bonita.

—Estoy abierta para ti, macho. Estoy muy abierta.

Lautaro, entonces, apuntó con su verga bien endurecida y firme y presionó por primera vez contra el agujero de Sofía. ¡Ay! Pero ¡¿qué era aquello?! Sofía sintió que las entrañas se le removían por completo y que los pliegues de su vulva apenas podían soportar el estrés de aquella enormidad que entraba en ella. Sin embargo, al mismo tiempo sintió que su cuerpo producía suficiente humedad como para dejarlo entrar.

—¡Sí! —gritó Sofía—. ¡Así! ¡Entra todo! ¡Todo, mi amor! ¡Hasta adentro! ¡Hasta el fondo!

Sofía, en efecto, sintió que Lautaro llegó al fondo. ¡Aquel macho le empujaba el fondo del coño, que tendría que retrotraerse más adentro de su cuerpo para darle cabida! Un ardor y una electricidad descontrolada se apoderaron de ella, y los músculos de la mandíbula le temblaron. Sintió que la temperatura de su cuerpo descendió un grado y tuvo frío de repente. Los pies, contraídos en el aire, le temblaron también y contrajo los hombros. Emitió un grito desgarrador, como si en vez de una polla, recibiera una daga en su cuerpo, pero era en efecto, un puñal lo que le entraba, y asesinaba así lo poco que quedaba de la Sofía del pasado.

Lautaro, entonces, llevó a la chica al éxtasis. Una y otra y otra vez embistió con sus poderosas caderas de animal salvaje contra la pelvis de la chica y ella sintió cómo era inflada segundo tras segundo. ¡No habría piedad para ella! ¡No habría ternura ni besos delicados! Lautaro no era de los que hacía las cosas con tiento. ¡Él era un macho de los de verdad! ¡Él era un animal!

Sofía sentía que su coño no iba a resistir a aquel macho insistiendo en romperla toda, pero no por eso se quejó ni intentó detenerlo.

—¡Ay, que creo que me lo has roto! —gritó—. ¡Ay, que no aguanto más! ¡Así, mi amor! ¡Así!

—¿Quieres que te lo siga rompiendo, bonita? ¡No voy a parar hasta hacerte explotar! ¡Te voy a reventar!

Lautaro se recostó totalmente sobre Sofía y ella lo envolvió con sus piernas. Entonces, él la levantó y la llevó, penetrada y aún ensartada por él, hacia un muro, y allí la siguió envistiendo con todo su poder de oso descontrolado consumiendo a su presa. El sexo era salvaje y húmedo. Los dos sudaban a chorros, ambos se habían vuelto calientes y habían roto todas las contenciones y las barreras dentro de su ser. Los dos sabían muy bien que estaban llegando al más maravilloso orgasmo, pero lo retrasaban como podían.

—¿Quieres ser mía para siempre, Sofía? —dijo Lautaro con una voz desgarradora de hombre que gozaba su mujer—. ¿Quieres esto toda tu vida? ¿Quieres convertirte en mi mujer? ¿Mía, solo mía?

—¡Sí, machote! ¡Hazme tuya! ¡Ráptame, papi, y nunca me dejes ir!

—¿Nunca? ¿No quieres que te deje ir nunca?

—¡Nunca! ¡Nunca!

—Pues aquí te quedarás conmigo, entonces —De repente, Lautaro envistió a Sofía con más poder aún y él se encorvó sobre ella, sosteniéndola y aplastándola a la vez, sometiéndola en última instancia—. ¡Eres mía, Sofía! ¡Serás mi mujer! ¡Mía! ¡Solo mía y de nadie más!

—¡De nadie más, mi amor! —gritó Sofía, desesperada y sacudiendo la cabeza sin control—. ¡De nadie más!

—No hubo hombre ni habrá otro después de mí.

—¡No lo hay, mi amor! ¡No lo hay, mi macho!

—Soy tu único macho. ¡El único macho!

—¡El único! ¡Mi único macho!

—Y tú mi única hembra. ¡No hay otra hembra para mí!

Y sí, macho y hembra eran esos dos, que eran animales salvajes. Lautaro recostó a Sofía ahora sobre el suelo, frente a la chimenea, y él se clavaba una y otra vez dentro de ella, que solo podía gritar. Las pieles brillaban por el sudor y por el calor, y la luz amarillenta que provenía de la chimenea los hacía parecer hechos de oro. En su rítmico movimiento indetenible, jadeaban sin cesar, y ella le agarró las nalgas a Lautaro y las apretujó como si fueran frutas a las que trataba de exprimir, pero aquellos balones eran duros como la piedra.

Y tuvo que llegar el momento del éxtasis para ambos. Fue como una deflagración en el cuerpo de Sofía, que se sintió arder rápidamente, como convertida en una estrella que agotaba las energías que le quedaban. Y creció rápidamente a medida que su vulva y su vagina, su coño entero, su cuerpo completo, se preparaba la compresión, para apretar el miembro viril de Lautaro. Y así, de repente, ella se convirtió en una supernova, que explotó por dentro en una sensación incontenible de placer infinito, y por fuera a través de un grito desgarrado que la llevó hasta los confines de su voz. No podía más y no podía seguir intentándolo más. Abrazó a Lautaro con todas sus fuerzas, que a pesar de todo no dejaba de embestirla. Él buscaba su propia explosión, y llegó a ella al sentir cómo la estrecha cavidad de Sofía colapsaba sobre él. Lautaro, entonces, emitió un grito, o más bien un bramido como el de un animal salvaje, que llamaba a la naturaleza en su absoluta grandeza.

Sofía, entonces, explotó como nunca lo había hecho, y, de repente, se hizo toda una humedad en derredor de Lautaro y de ella. ¡Qué maravilla incontrolable! ¡Qué gloria! Lautaro se recostó sobre Sofía y la aplastó con su peso colosal, mientras sentía que se vaciaba en ella, y a su vez Sofía se vaciaba sobre el mundo entero, sobre el suelo de su casa y frente a la chimenea. Creció un dorado charco de oro en derredor de ellos, mientras la luz de la hoguera también alumbraba aquel líquido que daba cuenta de la gloria que acababa de ocurrir en aquel lugar.

De repente, luego de un largo rato de inmovilidad y de sostener las respiraciones, ambos suspiraron, como si sus consciencias hubieran regresado de repente y sus corazones volvieran a latir, porque seguro que se habían detenido durante un instante. Lautaro abrió los ojos y vio el rostro de Sofía convertido en un ovillo de placer, pero poco a poco despertaba también, regresando a la realidad. Se miraron largamente antes de que ninguno de los dos se atreviera a emitir palabra alguna.

—Y ahora, ¿qué pasará? —preguntó Sofía.

—Ahora seremos felices, muy felices. Eso es lo que pasará.

Sofía sonrió y recibió el tierno y apasionado beso de Lautaro. No se hubiera imaginado que aquel hombre, que era un vendaval descontrolado de la Patagonia, al mismo tiempo pudiera ser como una suave y fresca brisa veraniega. Fue el beso más tierno y hermoso de su vida, el que nunca pensó que recibiría y por el que hubiera dado la vida entera hacía años. No tuvo que dar la vida entera para lograr ese beso con el que siempre soñó. Sofía sonrió cuando Lautaro se separó de ella y la contempló con ojos que ahora se habían transformado. Ya no eran ojos agresivos y jadeantes de deseo, sino que ahora eran tiernos y hermosos. Se abrazaron y permanecieron así un largo rato, aún bañados por la tenue luz de la chimenea que los convertía en ídolos de oro.

CAPÍTULO OCHO

Sofía abrió los ojos lentamente. No había dormido tan bien en mucho tiempo. Desde hacía años, tal vez. Pocas veces se había sentido tan renovada y tan perfecta. Pocas veces se había sentido tan maravillosa. Es increíble lo que puede hacer un sueño reparador. ¿Qué hora era? Revisó su reloj, que descansaba sobre una de las grandiosas mesas de noche junto a la cama. Las dos de la tarde. A su lado no estaba Lautaro, pero en la mesa frente a la cama estaba el ramo de rosas más hermoso y enorme que jamás había visto en toda su vida. Se incorporó y lo contempló por un instante. Se levantó y se acercó a él con incredulidad. ¡Era tan maravilloso! Se preguntó cómo había sido posible que lo introdujeran por la puerta de la habitación que era grande, pero no estaba segura de que ese ramo hubiera pasado sin dificultad por allí. No le importó en lo absoluto. El ramo era suyo. Lo supo porque había una pequeña nota a su lado que decía:

La enormidad de este ramo es insignificante en comparación con lo que siento por ti, pero fue lo mejor que pude hacer en tan poco tiempo.

Prepárate, que ya es hora de que nuestras historias se conviertan en una sola.

Lautaro.

¿QUÉ QUERRÁ DECIR Lautaro con eso de «ya es hora de que nuestras historias se conviertan en una sola»? Ese hombre era una fuente inagotable de críptico misterio; sin embargo, eso era justamente lo más fascinante sobre él. Quién sabe cómo trabajaba esa genial cabeza y cómo concebía el mundo esa mente maravillosa. Poco importaba, porque Sofía había tenido la oportunidad de, al menos, rozar esa genialidad. Sí, le parecía que Lautaro era un hombre genial, a pesar de que tenía menos de veinticuatro horas conociéndolo.

Giró y vio hacia la cama en la que había dormido algunas horas y recordó que, luego del sexo en la chimenea, Lautaro la había cargado hasta la habitación y se habían acostado en su cama. Se besaron apasionadamente por largo rato, hasta que se quedaron dormidos. Sofía sonrió y sintió en sus labios el roce de los de Lautaro, como si su piel tuviera una memoria maravillosa que le recordaba que aquel hombre había sido parte de su historia, y ese momento había sido, tal vez, el más importante de su vida. En el futuro, incluso si Lautaro no terminaba siendo más que una noche de pasión, ese momento con él terminaría siendo un parteaguas definitivo en la narración de su existencia. Ya sabía lo que era un hombre y eso era algo realmente importante para una mujer como ella.

Oyó, de repente, unas voces que la sacaron un poco de su ensoñación. Provenían desde el exterior. Había un gran balcón que daba hacia el mar, a un lado de la cama. Ella fue hasta el balcón y vio que unos hombres disponían de unos enormes ramos de flores en unas espléndidas mesas en el jardín. Había una pequeña cerca que dividía el espacio de la propiedad de la casa de la playa, que era una enorme explanada de arena que daba hasta el mar. Fabricaban los hombres un camino de antorchas hacia una mesa que también decoraron con flores, justo delante de la playa. Sofía se sintió tremendamente intrigada por lo que veía, así que se dispuso a bajar y ver lo que ocurría.

Antes de salir de su habitación, sin embargo, buscó su cartera, que descansaba sobre una de las mesas de la habitación. Sacó su móvil y lo miró con algo de temor. Respiró hondo y a continuación lo abrió para comprobar si tenía alguna notificación. Por supuesto que la tenía: veintiocho llamadas perdidas. Las revisó con detenimiento. Veintitrés eran de Juan Ignacio y el resto de Bárbara. Cerró los ojos y suspiró. Sabía que tendría que enfrentarse a esa situación en algún momento… Aunque ¿tendría que hacerlo? Tal vez no. ¿Qué más da?

Sofía, entonces, salió de la habitación y se dio cuenta de que había un rumor que recorría toda la casa. Era como si un ejército de personas hiciera toda clase de cosas en aquel lugar. Bajó las escaleras con lentitud y nerviosismo solo para comprobar que, en efecto, decenas de trabajadores parecían arreglar el lugar para lo que probablemente sería un evento importante. Se detuvo a mitad de las escaleras solo para oír lo que ocurría. «*¡Cuidado con las abejas! ¡Cuidado!*», dijo un hombre. «*¿Por qué hay tantas abejas?*», preguntó otro. «*¡Son las flores! ¡Son muchas! ¡Atraen a las abejas y ahora están por todas partes!*». Sofía, confundida, terminó de bajar y se presentó en la planta baja.

—¡AL fin se ha despertado! —dijo una mujer rubia y vestida profesionalmente a otras dos mujeres cuando vio a Sofía descender la escalera—. Ya me estaba poniendo nerviosa. Lautaro fue muy explícito cuando me ordenó que no me atreviera a despertarla, pero ¿y si no lo hacía a tiempo? Venid —les ordenó a las mujeres sentadas en una de las mesas—, que ya es hora de que hagáis vuestro trabajo.

—¿Cómo? —dijo Sofía, totalmente desorientada—. Pero ¿qué es esto? ¿Quiénes sois vosotras? ¿Quién es toda esta gente?

—Yo soy Marta, la asistente de Lautaro. Más bien, una de sus asistentes. Soy la que se encarga de sus asuntos personales. Hola, Sofía. Discúlpame por no haberme presentado apropiadamente. Te repito, soy Marta. No tengas miedo. Lautaro ha querido darte una sorpresa y... Bueno, aquí estamos.

—¿Una sorpresa? ¿qué sorpresa?

—Si te lo dijera dejaría de ser una sorpresa, ¿no? Lo importante es que tienes que estar lista en dos horas, a más tardar. A las cuatro y media de la tarde es tu sorpresa.

Sofía miró a Marta incrédula. La miró con escepticismo.
—Discúlpame, Marta fue que me dijiste, ¿cierto?

—Así es, soy Marta.

. . .

—¿Tú eres la asistente de Lautaro?

—Sí, una de ellas. Soy la que se encarga de sus asuntos personales.

—¿Asuntos personales?

—Sí. No creerás que un hombre como Lautaro, con todas sus ocupaciones, tiene tiempo de atender sus propios asuntos personales.

Las otras dos mujeres que se acercaron a Marta acarreaban con ellas dos neceseres metálicos, como los que llevan los estilistas a los eventos. En efecto, esas dos mujeres junto a Marta tenían apariencia de estilistas.

—¿Y todo eso qué tiene que ver conmigo? —dijo Sofía.

—¿Qué tiene que ver contigo? ¿Cómo que qué tiene que ver contigo? ¡Tiene que ver todo contigo! De ahora en adelante serás el asunto más importante que tendré que tratar en mi trabajo. De eso estoy segura.

—No entiendo nada de lo que dices.

. . .

—Eso puedo entenderlo, pero no te preocupes, que podrás entenderlo más adelante, Cuando descubras tu sorpresa. Por el momento, lo importante es que te prepares.

—¿Que me prepare?

—Sí. Tienes que estar lista para el gran evento. Vamos, chicas, que si os apuráis Lautaro no nos arrancará la cabeza y terminar un día con la cabeza sobre los hombros, sin que ese hombre me la arranque y alimente con ella a los leones, para mí es un buen día.

Marta dirigió a Sofía hacia una gran habitación a un costado de la sala. Era una especie de salón para tomar el té y comer galletas, con una terraza hermosa que daba hacia un jardín bellamente diseñado hacia el exterior, aunque no se veía el mar. El salón, sin embargo, estaba preparado esa tarde para atender a Sofía, que en menos de dos horas debía convertirse en la mujer más radiante del mundo. Pero ¿con qué fin?

Poco importó. Marta no tenía ni tiempo ni ganas de explicar nada. Al mismo tiempo que tenía que encargarse de poner a Sofía presentable, tenía que ocuparse de los mil detalles que faltaban. Había un ejército de trabajadores que limpiaban el lugar y lo preparaban con decoraciones maravillosas. A su vez, en la cocina había un millar de cocineros, cuyo trabajo producía un embriagante olor a maravillas que inundaba toda la casa.

. . .

—¡¿DÓNDE está el desayuno de Sofía?! —gritó Marta, algo exasperada—. Ya la están maquillando y lo último que quiero es que se le corra el lápiz labial por culpa de un pan tostado y huevos y esas cosas. ¡Debe comer algo antes de maquillarse!

—PERO... —Sofía intentó intervenir, pero no tuvo tiempo de decir nada, porque de inmediato entró una de las cocineras con un plato de delicioso desayuno para ella. Había un jugo de naranja y también le trajeron una copa de champagne.

—¡NADA de bebidas alcohólicas para Sofía aún! Anoche bebió mucho. Tenemos suerte de que no amaneció mal. Por un momento pensé que iba a despertar vomitando y esas cosas. ¿Qué hubiéramos hecho? ¡Nada de alcohol para ella aún! Después del evento que baba todo lo que quiera y que se enferme todo lo que le dé la gana, pero por el momento nada de alcohol.

—PERO, Marta, ¿de qué evento hablas?

—YA LO VERÁS. No tengo tiempo. Acaba de llegar otro florista que trae... ¡más flores! La casa se está llenando de abejas por culpa de las flores y no sé cómo espantarlas. Creo que exageré un poco con lo de las flores. Espero que Lautaro no se dé cuenta o... —Marta reaccionó como una sibila que veía hacia el horror de su futuro y negó rotundamente—. ¡Hoy nadie me va a arrancar la cabeza! ¡Claro que no! ¡No! Tengo que encargarme de eso.

· · ·

MARTA, entonces, salió de la habitación, mientras Sofía, más confundida que nunca, no supo qué decir ni qué hacer. Les preguntó a las estilistas lo que ocurría y ellas respondieron que no tenían ni idea, que Marta las había llamado, que les habían pagado mucho dinero por adelantado y les ordenó que debían maquillarla y peinarla, dejándola tan radiante como fuera posible, pero más allá de eso, no sabían nada. Le dijeron que comiera rápido para empezar a trabajar, pero Sofía no tenía apetito.

—SEÑORITA —dijo una de las estilistas—, creo que no ha entendido que usted no puede decirle que no a nada de lo que le ordene Marta. Decirle que no a Marta es como decirle que no al señor España.

—¿SEÑOR España?

LAS ESTILISTAS se miraron entre sí.

—LAUTARO ESPAÑA, señorita —dijo la estilista—. El dueño de esta casa y de una de las fortunas más grandes de este país se llama Lautaro España. Marta es su mano derecha en casi todo lo concerniente con su vida privada, como ella misma le explicó. Marta es su emisaria. Ella tiene la autoridad que da una fortuna valorada en millones de dólares. Decirle que no a Marta es como decirle que no a Lautaro España y decirle que no a Lautaro España es como decirle que no a millones y millones y millones de dólares. Usted le dice que no a millones de dólares y esos dólares la aplastan sin piedad, ¿entiende? Entonces, usted tiene que comer para que el maquillaje no se le corra si le da hambre luego. Una vez maquillada, tiene que permanecer inmaculada hasta que Marta vaya por usted, ¿entiende? No podrá ni beber agua. ¡Ni agua!

Sofía solo se sintió más y más confundida, más y más convertida en una piltrafa sin destino y sin capacidad de orientarse. El mundo le daba vueltas, pero escuchó el consejo de las estilistas: mejor era comer y no contradecir a Marta, cuya fuerte voz llegaba hasta ella y ordenaba que quería la casa sin una sola abeja en media hora.

—PERO, señorita —decía uno de los hombres—, ¿qué podemos hacer para que se vayan?

—¡No lo sé! —respondió Marta—, pero no puede quedar ni una sola abeja en media hora. ¡Ni una sola! Tiene que haber una forma de espantarlas, de hacerlas huir. ¡Ve a averiguar cómo pueden espantarse las abejas!

SOFÍA, entonces, comió. Mejor era comer y hacer caso. No podía decirle que no a Marta. No podía decirle que no a Lautaro. Recordó lo que había vivido en la noche y supo instintivamente que, en efecto, contra aquel hombre no existía ninguna oposición. No era posible decirle que no. Al menos el desayuno estaba exquisito. ¡Totalmente exquisito! Y qué extraño era desayunar tan tarde.

CUANDO EL MAQUILLAJE y el peinado estuvieron listo, dos horas después, Marta miró a Sofía con alivio. Miró el reloj y sonrió.

.   .   .

—Estamos a tiempo —dijo.

—¿A tiempo para qué?

Marta sonrió y le dijo a Sofía que la siguiera. En las dos horas que habían pasado, la había sido transformada. Parecía un jardín por la cantidad de flores en su interior, y lo mejor de todo es que no había ni una sola abeja que molestara a los presentes. ¿Cómo las habían espantado? Quien sabe. Sofía nunca lo supo y nunca lo preguntó, pero Marta atesoraría en los haberes de sus conocimientos la infalible técnica que podía hacer que las abejas salieran por voluntad propia de un interior repleto de flores. Marta, por supuesto, era una buena trabajadora, lo que se veía en su contenida expresión estresada, pero perfectamente controlada.

Regresaron a la habitación en la que antes estaban y, al entrar, Sofía encontró algo nuevo: un hermoso vestido de novia sobre un maniquí. ¡Era el vestido más hermoso que jamás había visto en toda su vida! Tenía cientos, miles, tal vez millones de piedras brillantes y hermosas que destellaban como estrellas. Sofía se acercó al vestido anonadada y sorprendida.

—¿Es un vestido…? ¿De verdad es lo que veo?

—¿Un Vera Wang? Sí, es un Vera Wang. Es tu vestido.

.   .   .

—¿Cómo? ¿Mi...? ¿Mi vestido?

—Sí, tu vestido. ¿Te gusta? Me parece que sí te gusta. ¿Ya te fijaste en la tiara que sostiene el velo? ¡Preciosa! Podrías salir solo con la tiara y el velo, totalmente desnuda, y aun así estarías perfectamente vestida. Y sobre la cama tienes tu lencería. Es Victoria's Secret —Marta se acercó a unas cajas sobre la cama y, al abrirlas, mostró una hermosa ropa interior, de la más fina que cualquiera pudiera haber visto jamás—. ¿No es preciosa? Y mira, esos son tus zapatos —Señaló hacia otra caja, y a continuación también la abrió y extrajo unas joyas para los pies que eran deslumbrantes por su belleza—. Son uno de los modelos más exclusivos de Manolo Blahnik. ¡No sabes lo que fue encontrarlos en tan poco tiempo! El vestido fue relativamente sencillo, al igual que la lencería, pero... ¡Es que el señorito, el Manolín ese, solo fabrica ochenta pares de zapatos al día! Aunque parezca mucho, son muy escasos. ¡Tuve que llamar a la mitad de España y a un tercio de Gran Bretaña para conseguirlos! Pero bueno, aquí están.

Sofía miraba todas las piezas con incredulidad. ¿Una colección de ropa absolutamente millonaria? ¿Qué se supone que era todo eso?

—Rápido —dijo Marta—. En solo media hora tienes que estar abajo. Ya deberías estar lista.

—¡Espera, Marta! —Sofía al fin levantó la voz, deteniendo a la asistente—. ¿De qué hablas? ¿Lista para qué?

—¿Cómo que para qué? ¿No es obvio? Lista para tu boda.

. . .

—¿Mɪ…? ¿Mi boda? ¿Con Lautaro?

Mᴀʀᴛᴀ ɴᴏ ʀᴇsᴘᴏɴᴅɪó. Sonrió solamente. Entendía que Sofía estaba sorprendida.

—Pero, ¿cómo es posible? ¿Cómo que mi boda con Lautaro? ¡Apenas lo conozco!

—Sí, lo sé, pero… ¿acaso lo que has sabido de él no es suficiente? ¿Qué más necesitas saber?

—Pᴇʀᴏ…

—¡Nᴀᴅᴀ, Sofía! No necesitas saber nada más de él, y en cualquier caso, no es conmigo con quien tienes que discutirlo. Soy su asistente en asuntos personales, pero hay ciertas cosas en las que ya no puedo inmiscuirme. Una de ellas es esta. Tendrás que hablarlo con él, pero no creo que te dé tiempo de hablarlo mucho. Ya no hay tiempo. Vístete y entrégate a la buena suerte, porque el destino te ha sonreído como pocas veces le sonríe a alguien. No te preguntes por qué te ha pasado esto. No tiene sentido. Solo tómalo o déjalo, es todo. Ahora, les diré a las chicas que vengan para vestirte, ¿sí? Ellas te ayudarán a estar lista y perfecta para Lautaro. Nos vemos un rato. Por favor, deja de pensar y solo disfruta el momento.

Sofía miró a Marta mientras salía de la habitación. Se sentía totalmente atropellada. La asistente no le daba tiempo ni de pensar ni de reflexionar. Todo lo que hacía y lo que decía era prácticamente como una orden emitida por el propio Lautaro y no había posibilidad en este mundo de que nadie lo contradijera. Estaba totalmente prohibido siquiera pensar en que alguien, incluso Sofía, le negara algo al autoritario magnate. Sin embargo, las órdenes de Lautaro venían vestidas con Vera Wangs, Victoria's Secret y Manolo Blahnik. ¿Acaso alguien querría alguna vez decirle que no a Lautaro?

De repente, Sofía vio que en la mesa de noche aparecía una luz ligera. Era su teléfono móvil, que avisaba que alguien llamaba, aunque no sonaba porque desde hacía horas estaba en modo silencioso. Sofía volvió a acercarse a él y lo tomó. Vio quién trataba de contactarla. Era Juan Ignacio, por supuesto. No fue nada sorpresivo para ella. Vio el aviso de la llamada entrante, hasta que, de repente, el teléfono dejó de brillar. Juan había colgado nuevamente. Sofía se lo imaginó en su piso, angustiado, preguntándose lo que había pasado con ella. ¿Cómo que se había ido con un desconocido? ¿Cómo que se había montado en su coche así, sin dar explicaciones? ¿Cómo que...?

Las estilistas entraron de inmediato e interrumpieron los pensamientos de Sofía. Era hora de vestirla y de prepararla para la boda. El notario llegaría muy pronto, y para ese momento, si no estaba lista, las cosas serían un descalabro para todos los presentes.

—HABLAN COMO si Lautaro fuera un hombre temible.

LAS ESTILISTAS se vieron entre sí, como sorprendidas porque Sofía no sabía la clase de hombre que era el señor España. En ese momento, Sofía se dio cuenta de lo irónico que era que Lautaro tuviera justamente ese nombre de un legendario cacique americano y al mismo tiempo su apellido fuera España. Tal vez sus suegros, los señores España, a quienes conocería en algún momento ya como la esposa de su hijo, tenían un retorcido sentido del humor. A juzgar por la personalidad de Lautaro, tal vez algo de eso hubo en su crianza y por esa razón aquel hombre era lo que era: un millonario incapaz de detenerse ante nada ni nadie y que causaba terror entre sus empleados, pero aun así allí estaban todos, fieles a sus órdenes.

Las estilistas le dijeron a Sofía que debía dejar de distraerse con ese teléfono y vestirse, que era lo único importante que debía hacer en ese momento. El vestido de Vera Wang era hermoso, pero era una complicación ponérselo, porque atrás infinidad de botones y una cinta entrecruzada eran el cierre de su corsé superior. Sería todo un proceso ponerlo en su lugar. Sofía, entonces, miró hacia su teléfono y lo revisó una última vez. Cuarenta y dos llamadas perdidas. Juan Ignacio mostraba desesperación por primera vez en su vida, pero Sofía se mostró sorprendentemente fría. Apagó el teléfono y se lo entregó a una de las estilistas.

—¿Puedes pedirle a alguno de los empleados que lo lance al mar?

Las dos mujeres la miraron con asombro, pero no dijeron nada. Una de las dos tomó el teléfono y salió con él. Dos minutos después le aseguró que el aparato ya estaba sumergido en las aguas del Mediterráneo y que, fuera lo que fuera que tanto la angustiaba de él, ya no existía. Sofía quiso creer que, en efecto, la razón de su angustia no existía, pero por supuesto que sí estaba allí. Juan Ignacio, solitario y tal vez llorando, desesperado y confundido, no hacía más que llamar. La siguiente vez en marcar se encontraría ya no con el repicar indiferente, sino con la contestadora que le anunciaría que el teléfono, al fin, estaba fuera de línea. Ya no habría esperanzas para Juan Ignacio a partir de ese momento, pues sabría perfectamente que Sofía no le respondería nunca más.

Ella, sin embargo, se vistió como una novia que no tiene deudas con el mundo, como si no debiera usar un vestido diferente al que usaba, como si el novio hacia el que caminaría en unos minutos fuera hacia el que debía caminar desde un principio. Era como si Lautaro hubiera sido su plan desde siempre. Actuó como si Juan Ignacio no existiera.

No había tiempo para remordimientos. Tan pronto se terminó de abrochar los zapatos y estaba lista, entró Marta a la habitación, anunciando que ya el notario estaba en casa y que solo estaría allí diez minutos.

—Si Sofía no está lista no será mi culpa, ¿entendéis? —les advirtió a las estilistas.

—Sí está lista, Marta —respondió una de ellas, con expresión de fastidio—. No te preocupes, que hoy no te mueres, ni nosotras tampoco.

Marta respiró aliviada y le dijo a Sofía que se veía preciosa, pero que no tenía tiempo de halagarla más, porque debía bajar en ese mismo segundo con ella. Sofía no tuvo tiempo ni de sonreír. Se paró sobre sus Manolo Blahnik y corrió tras Marta. Bajó las escaleras y se dio cuenta de que la casa ahora lucía más hermosa aún, mejor decorada, y, además, la tenue luz del atardecer entraba por las ventanas. Todo se veía hermoso.

Sin embargo, en interior de la propiedad estaba vacío. La

poca gente que había estaba afuera en el jardín que daba al mar. Sofía salió detrás de Marta y a partir de ese momento estuvo sola ante un camino de tablas de madera que le permitirían caminar con sus divinos zapatos hacia un pequeño altar que se había dispuesto cerca de la playa. Una sucesión de antorchas y flores dirigieron su camino hacia Lautaro, que estaba de pie frente al notario, quien, junto a un acompañante, terminaba de preparar los libros en los que quedaría registrada la unión civil entre Sofía y el magnate.

Ella, al principio insegura de lo que pasaba, creyendo que todo no era más que una loca fantasía suya, se aseguró de sentir el aire que entraba y salía por sus pulmones. No era una fantasía. ¡Todo era verdad! Sonrió, porque entendió que solo sonriendo podría enfrentarse a una situación tan inesperada. Tenía que ser feliz.

Lautaro se veía tan maravilloso en su traje blanco impoluto y perfecto, con su estatura intimidante, con su cuerpo poderoso capaz de doblegar a los más fuertes, con sus ojos hambrientos y desgarradores. Ella era la presa, pero no huyó de su depredador, sino que caminó hacia él mostrando su hermoso Vera Wang, sus zapatos que eran una joya, su tiara que era un sueño. Cuando al fin llegó a Lautaro y lo miró, tenía lágrimas en sus ojos.

—¿Estás lista para cambiar tu vida de una vez por todas, mi amor? —preguntó Lautaro—. Es hora de que lo dejes todo y a todos. Es hora de que te olvides de tu pasado. De ahora en adelante serás otra. Serás mi esposa, mi mujer. No habrá otra más feliz en ente mundo, y estoy seguro de que no habrá otro más feliz que yo. ¿Estás dispuesta a olvidarte de todo?

. . .

SOFÍA NO PUDO DECIR NADA. El llanto le entrecortaba la voz. Solo pudo asentar y Lautaro, comprensivo, le sonrió. La tomó por los hombros y le besó la frente. El notario, entonces, miró con solemnidad a los novios y preguntó quiénes serían los testigos de la boda. No hubo amigos ni familiares cercanos ni de la novia ni del novio. Apareció Marta y otro empleado de confianza más. De ahora en adelante, Marta y los empleados de Lautaro serían el séquito que acompasaría los pasos de Sofía. Ella lo supo muy bien. Su boda sería a la vez su despedida de Bárbara y de Silvia, y también de Diana y de Catalina. No habría tampoco amigas de años anteriores. No habría amigos de la infancia. Todo sería olvidado, porque ahora sería la esposa de Lautaro y eso significaba que quedaría encerrada en una burbuja impenetrable para los simples seres vulgares y mortales que antes fueron parte de su vida. Tal vez sus padres y sus hermanos podrían visitarla alguna vez, pero tendrían que contemplarla a la distancia, porque ahora ella estaba a otro nivel. Y de todos sus olvidos, por supuesto, el más importante tendría que ser Juan Ignacio. Nunca más debía recordar a Juan Ignacio. ¡Nunca más!

Sofía sintió que huía de España cuando el avión la dejó en Estados Unidos. Se llamaba luna de miel lo que se suponía que vivía, un momento maravilloso en el que Lautaro lo era todo para ella. En un piso en la Quinta Avenida, en uno de los mejores lugares de la ciudad, cerca de todas las tiendas maravillosas en las que la hacían sentir como la reina que era, porque Lautaro la había declarado una reina, Sofía se hundió en aquel mundo de frivolidad y silencio, donde no llegan los clamores de los que están muy abajo en la escala social.

Recorría día con día la avenida que recién había conocido con las manos repletas de bolsas engalanadas con los emblemas de exclusivas tiendas. Luego, cuando llegaba al piso, se encontraba a Lautaro, con quien follaba en la cocina, y allí el tío le reventaba el coño, y luego follaban en el baño. Y luego, cuando creía que ya no podía más, Lautaro era el que se la comía a ella y pasaba su lengua por sus labios vaginales y su clítoris, y los succionaba hasta asegurarse de que ella explotara una vez más y creciera un charco a su alrededor. ¡Era maravilloso! ¡Era extremo! Era todo lo que jamás había soñado. Lautaro era la clase de hombre que siempre supo que la haría feliz. Solo un hombre así, como Lautaro, lo hubiera logrado y estaba feliz de haberlo encontrado justo a tiempo, antes de haber cometido el peor error de su vida.

Justo en eso pensaba Sofía cuando hacía compras con las que antes solo hubiera podido soñar en sus delirios más ilógicos e irracionales, en los momentos en los que paseaba por las maravillas de la ciudad americana, capital del mundo, y en los que cenaba con Lautaro en algunos de los restaurantes más costosos de todo el planeta, momentos en los que disfrutaba de la comida, pero luego ambos se veían y sabían que tenían que volver a follar, porque solo en eso pensaban y solo eso deseaban, así que pedían rápidamente la cuenta y salían de allí, rumbo al piso. En la puerta ya se besaban con locura, con deseo inmenso e incontrolable, y tan solo cerraban la puerta tras ellos, se desnudaban y follaba en el primer mueble que se les atravesara. Sofía abría las piernas y sentía cómo la polla de Lautaro la estiraba en su interior, la estremecía y la convertía en una piltrafa, porque ella no podía, desde luego, hacer nada para evitar aquel desastre que ocurría en su interior. ¡Ay, cómo le gustaba sentir que la partían en dos!

Sofía se asomaba por la ventana y se preguntaba cómo era posible que el mundo fuera tan hermoso. ¿Cómo era posible que la vida le hubiera sonreído de repente, cuando antes no lo había hecho? Suponía que había tenido suerte, la propia de quien está en el lugar adecuado, en el momento adecuado y tiene la apariencia adecuada. Lautaro la había elegido y ella se había dejado elegir. Suspiraba por tanta felicidad, aunque normalmente no le daba mucho tiempo de hacerlo, porque de inmediato aparecía Lautaro, que se la llevaba a algún lugar de la casa donde follarían con total esmero y poder sin parar.

Esa vez, se la llevó a la habitación y la recostó sobre la cama. Sofía, con las piernas en el aire, con los senos saltando, soportaba a Lautaro follándosela con todo su poder. Su polla dura y enorme entraba y salía de su coño sin parar, sin darle tregua, y ella gritaba de placer. Le decía a su macho que siguiera, que se la cogiera más duro, que no parara, que quería más, que necesitaba más, que añoraba más... Y de fondo, el paisaje de Nueva York atestiguaba ese placer inconmensurable y constante. No había nada ni nadie que los parara en su empeño de follar de día y de noche. Sofía solo pensaba en lo feliz que era y en nada más. Su felicidad tenía nombre: Lautaro, y solo Lautaro tenía derecho y posibilidad de hacerla sentir plena y satisfecha, así como se sentía, increíblemente llena y plena. Es que estaba totalmente repleta de él en su interior, totalmente llena de su reciedumbre de macho dentro de ella, a punto de estallar y de convertirse en una cosa inservible y absolutamente destrozada.

Cuando estalló de nuevo, cuando la cama se mojó otra vez y se convirtió en un charco desastroso, Lautaro volvió a aplastarla con su peso y ella volvió a envolverlo con sus piernas, mientras se besaban.

—¿ERES feliz, mi amor? —preguntó él, seguro de que la respuesta de Sofía lo favorecería.

—Sí, mi amor —respondió ella, confirmándole a Lautaro lo que él ya sabía que ella iba a responder—. Soy muy feliz. ¡Soy tan feliz! ¡Tan feliz!

. . .

—¿Y alguna vez alguien te hizo tan feliz?

—No, mi cielo. Nadie. ¡No ha habido nadie! ¡Nadie más que tú! ¡Nadie más!

Y Sofía casi parecía creer que de verdad no había habido jamás ningún otro hombre en su vida. Creía que de verdad no había existido nadie, pero sí existió. Muchos kilómetros al otro lado del mar, en una oscura y tétrica Madrid sobre la que las nubes de la tempestad se cernían amenazantes, Juan Ignacio esperaba en un parque, mirando hacia la nada, hacia la terrible indiferencia del silencio. La gente corría por la calle, huyendo del agua que se avecinaba, pero a él no le importaba nada, ni siquiera que cayera sobre él una fría cascada de hielo y de nieve. Ojalá lo matara, porque desde hacía días nada ni nadie le importaba. Su vida se había detenido inexplicablemente, y ahora él estaba allí, esperando a esa persona que se comunicó con él para, tal vez, darle las explicaciones que se merecía. Sintió unos pasos que se acercaban detrás de él y volteó. Descubrió a Marta delante de él. Llevaba un paraguas en su mano, preparada para no mojarse.

—¿Eres Marta?

—Sí, soy yo. ¿Y tú eres Juan Ignacio?

—Sí. Entonces, ¿trabajas para ese hombre?

. . .

—Para Lautaro España, sí.

Juan Ignacio hizo silencio, al igual que Marta. Él no se atrevía a decir nada, pero se armó de valor en un momento dado.

—¿No tienes algún recado de Sofía para mí?

—No. No hay ningún recado para ti. Mi recado ni siquiera viene de parte de Lautaro. Tú no le importas a ninguno de los dos. Ya ellos están lejos y para gente como ellos, los que son como tú no tienen importancia. Lo único que tengo para decirte es que no tiene sentido que sigas esperando por ella. Se acabó todo. Lo siento. Entiendo que puede ser confuso y muy doloroso. Créeme que, a nivel personal, lo entiendo, pero lo mejor que puedes hacer es seguir adelante. No intentes contactarte nunca más con Sofía. No tienes derecho a inmiscuirte nunca más en su vida.

—¿Inmiscuirme en su vida? Pero ¡¿qué coño?! ¡Se supone que ella y yo íbamos a tener una vida juntos! ¿Cómo que inmiscuirme en su vida? ¡¿Acaso ella cree que no ha afectado mi vida?!

—No tiene caso que me digas nada de eso a mí, Juan Ignacio. Yo no soy ella y yo no te debo ninguna explicación y tampoco tengo una explicación de su parte que comunicarte.

Lo siento. Yo solo me encargo de velar por los intereses de mi jefe, es todo. Su interés es que ya no molestes más a su esposa y que dejes de intentar comunicarte con ella. Ya no trates de entrar en su vida nunca más. Es inútil, porque, aunque tengas sus explicaciones, nada cambiará. ¿Para qué quieres explicaciones si con ellas no harás nada? Solo entiende que fuiste vencido, pero no te sientas mal, porque cualquiera terminaría vencido por un hombre como Lautaro. Muy pocos hombres en este mundo pueden competir contra él.

Juan Ignacio sonrió con ironía. Qué fina manera de ser insultado por Marta, que intentaba consolarlo diciéndole que el problema era que era demasiado común y corriente como para pretender retener a una mujer como Sofía, que al mismo tiempo era capaz de llamar la atención de un hombre como Lautaro. Marta no dijo nada más ni intentó consolarlo de ninguna forma. No era su trabajo y ella hacía estrictamente su trabajo y nada más que eso. Juan Ignacio la vio alejarse, casi corriendo. Probablemente se dirigiría a su coche, porque no quería mojarse y ya las primeras gotas caían sobre el parque. Juan Ignacio volteó y regresó su vista hacia la masa de árboles, que observó con la indiferencia aparente de quien no siente nada. No tenía en su expresión ni rabia, ni dolor, ni indignación. No parecía sentir nada, como siempre. No había un corazón, ni un alma, ni un cuerpo o una mente con sentimientos en aquel ser. Sin embargo, lo más probable es que simplemente no se permitió a sí mismo perder los estribos por la situación. Él nunca perdía los estribos por nada y no iba a perderlos justo en ese instante. Juan Ignacio fue tan digno en ese momento como lo era siempre.

Llovió de repente, cayó el agua con furia de manera sorpresiva, y sin embargo, Juan Ignacio no se inmutó, ni se movió un ápice. Las gotas frías eran como cuchilladas sobre su piel, cortando con la helada sensación del hielo que quemaba y congelaba, pero él no se movió y siguió contemplando el vacío verde frente a sus ojos mojándose, como él. En segundos, quedó totalmente empapado. Tal vez aprovechó ese instante para llorar, pues así las gotas de lluvia y las lágrimas se confundirían al mezclarse y solo así se permitiría la indignidad de llorar por una traidora como Sofía.

CAPÍTULO NUEVE

Pasaron veintiún años. ¡Veintiún años! Es increíble cómo pasa el tiempo. Al menos eso era lo que pensaban Sofía y Lautaro, para quienes pasaron los años como si pasaran las horas y los segundos. El tiempo no los tocaba a ellos, porque la gente como ellos era inmune a los embates que afectan a los demás. Hasta el envejecimiento los hacía ver más hermosos de lo que fueron en su juventud. ¡Eran tan felices! ¡Fueron tan felices! La mansión, siempre llena de invitados, de sirvientes, de flores, solo expresaba que los habitantes de aquel hogar vivían en un mundo de frivolidades y de felicidad inalcanzable para todos los demás. Ellos eran privilegiados y, por lo tanto, eran maravillosos.

Sofía se miraba esa mañana al espejo y notaba que ahora había arrugas en su piel, pero no había nada que una buena crema con costo exorbitante y, tal vez, algún retoque con un cirujano no pudiera resolver. Ya casi cumplía cincuenta años. Recientemente había celebrado, junto con Lautaro y algunas amistades de la alta sociedad, el año nuevo. Llegó 2018 y, a la vez, llegó la consciencia de su edad. Este año celebraré mis cuarenta y nueve, pensó unos segundos después de brindar y tomarse el fino champán en su copa. Cuarenta y nueve. Ya no era una jovencita. Estaba muy lejos de serlo. Cuarenta y nueve y Lautaro tenía cincuenta y seis. Por alguna razón, a él los años lo habían afectado mucho más que ella. No era extraño, en realidad, porque él había tenido una vida estresante. ¿Qué gran empresario no tiene una vida estresante?

Cuando tu vida gira en torno a mantener y resguardar un patrimonio de millones de euros, todo se vuelve una amenaza, la bolsa que sube o que baja se vuelve un problema, los ataques terroristas del 11 de septiembre crean incertidumbre, la crisis griega amenaza toda Europa y su economía, la guerra comercial de Trump contra China solo puede significar trabas por aquí y por allá… Lautaro había vivido una vida de enorme estrés porque todos los días había una nueva amenaza que juraba sería la definitiva y gracias a ella desaparecían sus preciados millones. Adiós millones, adiós felicidad.

Sin embargo, las cosas habían sido un poco más fáciles para Sofía. Ella era la esposa del magnate, tal vez la mujer trofeo y florero, pero ser la mujer florero de un hombre como Lautaro era mejor que ser la profesional triunfadora que tiene que luchar todos los fines de mes para sobrevivir hasta la siguiente paga. La vida no había sido mala con ella, así que no podía quejarse y no lo hacía. Sin embargo, la llegada del año nuevo, con su frío invierno, le había parecido más solitaria que de costumbre. Lautaro le dijo que se debía a que era la primera vez en la que Rocío no había pasado junto a ellos el año nuevo.

—¿No te molesta que nuestra hija haya decidido no venir a Málaga para quedarse allá, en Madrid, a recibir el año? —Sofía casi no podía creer que Lautaro se mostrara tan indiferente al desplante de Rocío.

—¡Por Dios, mujer! —respondió Lautaro—. ¿Acaso no te das cuenta de que nuestra chiquilla ya no es una chiquilla? ¡Ya tiene veinte años! No será la primera vez que deje de pasar un año nuevo o una navidad con nosotros.

Sofía volteó y se vio de nuevo al espejo. Se revisó otra vez las arrugas, pero la verdad es que no pensaba en ellas, sino en Rocío, viviendo en ese frío piso en Madrid al que se había mudado cuando empezó la universidad, a pesar de que ella le había dicho que no tenía ningún sentido que dejara su casa familiar para irse a vivir sola nada más y nada menos que a… ¡Chueca! Se la imaginó celebrando el año nuevo entre desconocidos en ese animado barrio del centro de Madrid. Esos desconocidos eran con los que había decidido sustituirlos a ellos, nada más y nada menos que a sus padres.

—Seguro que tiene que ver con ese hombre —dijo Sofía de repente.

—¿Con cuál hombre?

—¡Ese novio que tiene!

—¡Hombre! ¿Rocío tiene novio?

—No ha querido confesármelo aún, pero estoy segura de que tiene un novio. ¡Un novio, por Dios! ¿Cómo es que Rocío tiene novio?

—¿Cómo es que una muchacha universitaria, con veinte años, se atreve a tener una vida y decide que quiere un novio? Y lo que es peor, ¿cómo es que se atreve a hacerlo de espaldas a la voluntad de sus padres? ¿Eso es lo que dices?

Sofía no respondió a Lautaro. No quería discutir con él. Últimamente discutían mucho porque Sofía estaba totalmente convencida de que Lautaro le ocultaba algo. Sabía que no todo estaba tan bien como decía, pero aún no había deducido qué era lo que pasaba. Aparte de eso, que Rocío no le quisiera terminar de confesar que tenía un novio, y que ese novio tenía algo de especial, algo que no quería decir a sus padres, traía a Sofía con los pelos de punta. Sus dos amores, su hija y su marido, se empeñaban en ocultarle algo muy importante.

Lautaro, sin embargo, consciente de la angustia de su esposa, terminó por sonreírle y acercarse a ella. La abrazó y le dijo que entendía muy bien que estaba contrariada porque Rocío ya no era una niña, lo que le producía gran angustia, pero le dijo que no podía hacer nada por evitar lo inevitable y que, simplemente, tendría que aceptar tarde o temprano que Rocío había crecido, que ya no tenía pleno control sobre la vida de su hija y que de ahora en adelante seguramente tendría que entender que junto a Rocío vería a algún novio que sería como una especie de extensión de ella.

Sofía no sonrió, no entendió bien por qué a su marido todo eso le parecía tan bien y tan natural, pero, sobre todo, no entendió cómo él no vio nada de malo en que su hija estuviera perfectamente dispuesta a ocultarle la identidad de ese muchacho sin ningún miramiento. Lautaro se fue ese día al trabajo en la sucursal de la corporación en Málaga, a lidiar con sus mil y una responsabilidades, a tratar de hacer crecentar su patrimonio, a resolver un millón de problemas.

Cada vez pasaban más tiempo en Málaga, pero a pesar de eso las cosas iban de maravilla en el manejo de la corporación. Podía tomar todas las decisiones que fueran necesarias desde Málaga, aprovechando las tecnologías de comunicación que hacía solo veinte años estaban todavía en pañales, y cuando se iba a Madrid resolvía todo lo que tenía que resolverse estrictamente de forma presencial. En cualquier caso, tampoco era raro el día en el que Lautaro viajaba en avión privado hasta la capital para resolver asuntos urgentes, y en la noche o la madrugada se regresaba a su cálido hogar mediterráneo. Durante el invierno, la estadía en Málaga era prácticamente perenne, mientras que las primaveras y veranos eran más tolerables para Sofía y Lautaro, así que pasaban un poco más de tiempo en Madrid. Sin embargo, era un hecho que, tarde o temprano, el matrimonio terminaría asentándose totalmente en el sur.

Sofía se quedó sola en la casa. En realidad, sola es solo un decir, porque junto a ella estaban las decenas de empleados que siempre estaban en la casa, cuidando de que cada detalle del hogar estuviera siempre perfecto. Por supuesto, acudían a ella para preguntarle, sobre todo: cuál sería la comida del día, qué tipo de flores adornarían el vestíbulo de entrada y el pasillo, qué clase de aperitivos se serviría para la visita de las señoras de la alta sociedad del próximo viernes… Todo en el hogar era controlado por Sofía milimétricamente.

Sin embargo, ese día, tres de enero, lo único en lo que podía pensar era en que Rocío no había pasado con ella el fin de año, que se había quedado en Madrid en vez de apegarse a la tradición familiar de ver los fuegos artificiales de año nuevo en la bahía de la ciudad, que se veían desde la casa y que eran un espectáculo que a Rocío encantaba cuando niña. Ahora parecía que ese chico desconocido era lo suficientemente interesante como para negarse a ver los destellos sobre el mar.

Sin embargo, Rocío era muy considerada, al punto de que pronto Sofía recibió una llamada de su hija, que sabía la angustia que había en ella.

—Hola, mi amor —dijo Sofía con tono algo sufrido a su hija—. ¿Está todo bien por allá?

—Claro que sí, mamá, todo está bien. Sabes que solo te llamo para saber cómo estás hoy.

—Pues estoy bien, con algo de frío, ya sabes cómo es esta época, pero estamos mejor que en Madrid, eso sin duda.

Sofía hizo un incómodo silencio, esperando a que su hija dijera algo, pero Rocío no respondió. La madre suspiró de repente, consciente de que tendría que ser ella la que tratara de seguir adelante con la conversación.

—¿Tienes algún plan para hoy, Rocío?

—Nada especial, mami. Ya sabes, hace mucho frío aquí, así que he pensado en tomarme unos días para descansar.

Creo que he estado agotándome mucho en la universidad, así que me merezco este descanso.

—Sí, eso lo sé, mi vida. No pensé que estudiar Literatura pudiera ser tan terrible, pero sí, supongo que así es. Ahora, si lo que quieres es descansar, ¿por qué no lo haces aquí, en Málaga? Seguro que podrás descansar más que en Madrid.

—Mamá, no creo que haga falta que vaya hasta allá. Puedo quedarme aquí y simplemente no hacer nada.

—¡Rocío, por favor! Si de verdad quieres descansar, nada mejor que Málaga. Aquí hay mejor clima y, además, te hacen todo. No tendrías ni que cocinar. Estoy segura de que en ese piso minúsculo al que te mudaste no haces más que cocinar día y noche.

—Claro que no. Casi todo lo compro hecho.

—¡Pues tanto peor! No puedes estar comiendo comida chatarra todo el tiempo. Te mantienes a fuerza pizzas y hamburguesas, ¿verdad?

—Y galletas, mami —respondió Rocío, con algo de sorna —, no te olvides de las galletas.

—¡No es nada gracioso, Sofía! ¡Nada gracioso! Sé perfectamente cuál es la razón por la que no quieres venirte a Málaga. No tienes que seguir ocultándomelo.

—¿Sí? ¿Y cuál es la razón?

—¡Tienes un novio!

Rocío hizo silencio luego de que su madre, angustiada, le espetara aquello. Sofía solo pudo oír la respiración de su hija al otro lado de la bocina. Estaba expectante, esperando a que Rocío dijera algo, pero parecía no reaccionar a su descubrimiento.

—¿Cómo lo has sabido, mamá?

—¿Eso qué tiene de importante?

—¿Has estado espiándome?

—¿Espiándote? ¿Cómo que espiando? ¡Claro que no, Sofía! ¿Cómo crees que te voy a estar espiando?

—Te conozco. A veces era un poco… Bueno, no conoces límites, mamá.

—Pues estos límites sí que los conozco. Simplemente me he enterado y listo, pero no porque te haya espiado, sino simplemente porque en este mundo no hay nada que no se sepa.

—Claro. Pertenecemos a la clase alta, y la clase alta es una burbuja minúscula.

—Sí, minúscula y todo el mundo se conoce. Tan pronto alguien conocido se enteró de tu relación, llegó la noticia a mí. ¿Acaso creías que ibas a mantenerlo oculto?

—No estaba tratando de ocultarlo, mamá, solo estaba dándole tiempo a la relación. ¿Sí sabes que a las relaciones hay que darles tiempo para que maduren? ¿verdad?

Sofía, por supuesto, no dijo nada, porque ella había comprobado que todo lo contrario era tan válido como lo que pensaba Rocío, aunque no podía negar que, tal vez, lo suyo había sido más bien pura suerte y nada más.

—¿Por qué no traes a ese chico? —dijo Sofía, de repente.

—¿Cómo?

—Tráelo contigo. Me gustaría conocerlo.

Rocío hizo silencio y Sofía no supo cómo interpretar ese silencio. Esperaba una respuesta. ¿Sí? ¿No? Cualquier respuesta hubiera estado bien, pero el silencio de Rocío era inaudito e inaceptable.

—¿Y entonces qué dices? —terminó exigiendo Sofía.

—Mamá, es que… No sé cómo decírtelo.

—¿Cómo decirme qué?

—Es que mi novio… Bueno, es complicado.

—¿Qué es lo complicado?

—Seguramente no es lo que esperas, mamá.

—¿No es lo que espero? ¿Qué quieres decir con eso? ¿Es una chica?

—¿Qué? ¡No, mamá! Claro que no. ¿Cuándo me has visto con tendencia de lesbiana o algo así?

—No sé, Rocío. Es que los chicos de ahora son muy sorpresivos.

—Pues sí, lo entiendo, y tal vez tengas razón, pero no es el tipo de cosas que aparecen de repente.

—Pues si no es eso, no sé en qué sentido no sería lo que espero. No importa nada. Si es chica, si es de cualquier raza, si es extranjero… Nada me importa. Lo único que me importa es conocerlo y terminar de una vez por todas con este misterio. Rocío, hazme ese favor. En este momento sé que estás de vacaciones en la universidad y seguramente también en ese trabajo de atendiendo mesas que tienes.

—¿Cómo supiste de mi trabajo, mamá?

—Tu padre me lo contó.

—¿En serio? Pero ¿por qué?

—¿Por qué? ¿Acaso creías que no me lo iba a contar? Me llegó diciéndome muy orgulloso que le habías dicho que no necesitabas que te pagara nada, que tú podías pagar la colegiatura, con todo y lo costosa que es, y que te mantendrías a ti misma. Él estaba muy feliz porque estaba seguro de que había criado a una hija con carácter. No sabes cómo estoy desde ese entonces. ¡Tú sola, manteniéndote con un trabajo de camarera en un restaurante, con lo mal que pagan! Con razón estás en ese piso tan pequeño.

—No me está yendo mal, mamá. Está en Chueca, que es todo, menos barato, y puedo costeármelo hasta ahora.

—Me alegra, pero… ¿por qué no me lo quisiste decir a mí?

—Porque sabía cómo te ibas a poner. ¡Mira cómo estás! Por eso le dije a papá que no te contara nada.

—Pues qué ingenuidad de tu parte. Tú sabes que tu padre me lo cuenta todo, porque si no lo hace le iría muy mal en la vida. Lo sabes —Sofía hizo un breve silencio—. En cualquier caso, ese no es el asunto ahora. El asunto es conocer a ese chico. Por favor, Rocío, tráelo y permíteme conocerlo. Podéis pasar al menos dos días aquí, en Málaga, y luego os podéis regresar a Madrid, pero al menos así dejaré de estar tan angustiada. Solo quiero comprobar que no tiene nada de malo.

Rocío suspiró y no le quedó más remedio que aceptar la invitación de su madre. Iría a Málaga en dos días, el cinco de enero, aprovechando que tanto ella como su pareja estaban aún en descanso vacacional, pero no podía estar mucho tiempo, pues volvería a trabajar a partir del ocho de enero, e igualmente empezarían las clases el mismo día. Sofía dijo que eso era suficiente para ella, así que colgó el teléfono, feliz.

En la noche, le comentó a Lautaro, una vez llegó a casa luego de otro día estresante, lo que había hablado con Rocío. Le pidió a su esposo que se permitiera llegar temprano el día cinco para conocer ambos al novio de Rocío. Llegarían en la tarde. Lautaro rio divertido, diciendo que le parecía increíble que de verdad había convencido a Rocío de traer a ese muchacho hasta Málaga. Sofía se defendió, diciendo que no podía esperar menos de una madre angustiada y más bien le reclamó a él que no estuviera más involucrado con los problemas de Rocío.

—Es que nuestra hija no tiene ningún problema, Sofía. La que tiene un problema eres tú, el problema de la mayoría de las madres que no quieren permitir que sus hijos terminen de crecer.

—Pues ese problema lo tendré siempre, Lautaro. Lo siento, pero no puedes esperar que no sea así.

Al final, Lautaro no dijo nada más y le prometió a Sofía que estaría el viernes por la tarde en casa, mucho más temprano que de costumbre. Era lo que le convenía. Sofía, entre tanto, ordenó al personal doméstico de la casa que prepararan el dormitorio de Rocío, pues estaría por unos días con ellos… Y mandó preparar una habitación de huéspedes para un invitado que vendría con su hija. Lautaro casi le dijo a su esposa que era insólito que el novio de Rocío durmiera en una habitación diferente, pero Sofía le hizo un gesto con la mano y le lanzó una mirada lo suficientemente poderosa como para hacerle entender que mejor era que no emitiera comentario alguno. Rocío y su novio dormirían en cuartos separados mientras estuvieran en esa casa y punto.

CAPÍTULO DIEZ

Sofía y Lautaro se encontraban en la sala, con la casa preparada y deslumbrante para recibir a Rocío y a su novio. Era la una y media de la tarde, así que en cualquier momento llegarían. Lautaro le dijo a su esposa que el arreglo de la casa era exagerado, pero Sofía le respondió que quería que el susodicho novio de su hija entendiera desde el primer instante que se estaba metiendo con una chica que había nacido en un hogar privilegiado, lo que significaba que estaban dispuestos a defenderla de cualquier cosa, así que era importantísimo que el muchacho se intimidara con la apariencia de la casa. Lautaro rio a carcajadas, diciendo que era la primera vez que oía que una casa arreglada era, de alguna forma, equivalente a una amenaza, pero Sofía le dijo que no fuera imprudente y lo mandó a hacer silencio.

Esperaron un rato más, mientras Sofía miraba una y otra vez hacia la ventana que daba a la calzada de acceso a la casa. Finalmente, escuchó que un coche se aproximaba a la casa, casi a las dos de la tarde, justamente a la hora que Rocío había prometido que llegaría. En efecto, Sofía se asomó a la ventana y pudo comprobar que se trataba de su hija. Le dijo a

Lautaro que debían acercarse a la entrada para recibir a Rocío y a su novio. Él se levantó con algo de pesadez, con una apariencia de cansancio. Sofía lo notó de inmediato y le preguntó a Lautaro si se sentía bien.

—ESTOY BIEN, mi amor. No es nada. Es que he tenido mucho trabajo últimamente.

—PUES JUSTAMENTE POR eso debiste haberte tomado algunas vacaciones en estos días. Empezaste a trabajar de nuevo el dos de enero. ¡Ni siquiera te tomaste un día de descanso de verdad!

—YA, mi amor. Me tomaré unos días tan pronto como pueda, pero por ahora vamos a conocer al famoso novio de Rocío, ¿sí? Eso es lo importante en este momento.

Así, Lautaro logró escabullirse del reclamo de Sofía. Ella lo aceptó solo porque estaba preocupada en ese momento por Rocío, pero ya encontraría el momento para reclamarle a Lautaro su falta de descanso.

Una de las mucamas había abierto la puerta de la casa y justo cuando Sofía y Lautaro llegaron a la puerta, vieron a Rocío entrar al hogar. Era una chica tan hermosa como cabía esperarse, siendo la hija de dos personas igualmente hermosas como lo eran Sofía y Lautaro. Rocío era como un ángel, algo menuda, pero tenía el cuerpo de Sofía en su juventud y algo de la reciedumbre de su padre, pero era delicada y femenina, como Sofía.

Su madre y su padre corrieron hacia ella y la abrazaron y

la besaron como si hubieran tenido mucho tiempo sin verla, aunque había pasado navidad con ellos, lejos del misterioso novio, que ya Sofía sabía que tenía, pero que no había mencionado tratando de contenerse y no ser una madre metiche. En cualquier caso, Ni Sofía ni Lautaro repararon de inmediato en el hombre que entró tras Rocío, pero tan pronto la saludaron y la abrazaron voltearon a verlo.

—Mamá, papá —dijo Rocío, abrazando al hombre—. Quiero presentaros a la persona con quien he estado saliendo desde hace un tiempo. Se ha estado haciendo cada vez más serio, así que, a pesar de todo, creo que es un buen momento para que lo conozcáis. Os presento a Juan Ignacio Beato. Tal vez hayáis oído hablar de él.

—¿Juan Ignacio...?

Sofía miró al hombre alto, rubio y elegante, mucho mayor que su hija, que había entrado a la casa. Era... ¿Era...? ¡Era él! ¡Era Juan Ignacio! ¡Juan Ignacio Beato! Lautaro miró a Juan Ignacio con algo de sorpresa, pero en su caso solo le impresionó ver que se trataba de un hombre que se acercaba a los cincuenta años. Tal vez tenía la misma edad de Sofía. En efecto, tenía la misma edad... Y tenía una historia en común con su esposa, aunque Lautaro nunca estuvo muy al tanto de ella. Ese otro hombre, con el que Sofía se suponía iba a casarse ante de conocerlo a él, nunca le importó mucho.

Sin embargo, Sofía por supuesto que se vio a punto de desmayarse. Rocío lo notó de inmediato, y por supuesto que interpretó que su madre reprobaba totalmente que tuviera una relación con un hombre con una diferencia de edad tan notoria respecto a ella. Por su parte, Juan Ignacio se veía tranquilo, demasiado tranquilo, calmado como si no estuviera pasando nada fuera de lo normal. En parte, seguía siendo el mismo que fue siempre: un témpano de hielo imperturbable, pero en parte también había cambiado mucho, no solo en su aspecto, sino en su personalidad. Juan Ignacio se acercó a Lautaro y le extendió la mano con amabilidad y con una sonrisa amable.

—SEÑOR, es un gusto conocerlo —dijo—. Soy Juan Ignacio Beato.

—POR FAVOR, —respondió Lautaro—, nada de señor ni de usted. Soy Lautaro España y puedes llamarme simplemente Lautaro. Un gusto, Juan Ignacio.

JUAN ASINTIÓ y apretó manos con Lautaro con enorme firmeza, como si en su corazón no hubiera un ápice de indignación por conocer al hombre que lo había humillado veintiún años antes y que le había arrebatado a su prometida sin siquiera reparar en él, al punto de que oía su nombre, Juan Ignacio Beato, y era obvio que Lautaro no lo reconocía en lo más mínimo. Luego, se acercó a Sofía y le extendió también su mano.

—SOFÍA... —dijo Juan Ignacio—. Espero poder tutearte a ti también.

· · ·

Sofía miró la mano extendida hacia ella y le sorprendió ver lo terriblemente firme que estaba. ¡Juan Ignacio no temblaba en lo más mínimo! Estaba totalmente tranquilo. ¡Totalmente! ¿Acaso no la reconocía? ¿Acaso no sabía quién era Lautaro? ¿Acaso...? Sin embargo, Sofía recordó de inmediato quién era Juan y supo que solo actuaba con la tranquilidad propia de quien tiene hielo en las venas en vez de sangre. Ella miró la mano extendida hacia ella y, en cambio, no podía moverse.

—¿Mamá? —dijo Rocío, extremadamente seria y preocupada porque no le gustaba nada la reacción de Sofía—. ¿Estás bien?

—Sí, querida, es que... —Sofía miró a Rocío y luego miró a Lautaro. Tuvo que encontrar fuerzas para recomponerse a sí misma y eso hizo, justamente, recomponerse. Respiró hondo y extendió su mano, controlándola lo mejor que pudo, pero ella sí temblaba—. Señor Beato.

—Por favor, Sofía —respondió Juan Ignacio—, ahora soy yo el que insiste. Puedes tutearme, que entre nosotros no hay distancias de ningún tipo, ¿cierto?

Sofía sonrió forzadamente y dijo que, en efecto, no había distancias entre ellos, pues él era ahora la pareja de... ¡de su hija! ¡De Rocío! Con todo y su impresión, Sofía se comportó como la dama refinada que era e invitó a su hija y a Juan Ignacio a entrar en su casa y ponerse cómodos. Por supuesto, a Rocío no tenían que invitarla en lo absoluto, que aquella era su casa, pero Sofía solo actuaba para parecer protocolar ante Juan Ignacio, aunque lo importante era no despertar sospechas ni en Lautaro ni en Rocío.

Se sentaron en el salón social, justamente frente a la

chimenea en la que hacía veintiún años Sofía y Lautaro habían estado juntos la primera vez, el lugar en el Juan Ignacio había perdido completamente su dignidad frente Lautaro, y el lugar en el que Sofía había decidido que no había otro hombre en el mundo para ella que el que terminó convirtiéndose en su esposo, en su hombre y en el macho que la enloqueció por completo. Juan Ignacio, por supuesto, no podía estar al tanto de ese detalle, pero eso poco importaba. Toda esa casa, cada centímetro cuadrado de su extensión, era parte de su humillante historia. Cada rincón en aquella casa era una humillación para él.

Rocío, tratando de romper el hielo entre Sofía y Juan Ignacio, creyendo que lo que ocurría entre ellos no era más que la antipatía de una madre a la que no le gusta ver que su hija se ha liado con un hombre mucho mayor, decidió que lo mejor que podía hacer era hacerle ver a sus padres que Juan Ignacio era el tipo de hombre que le convenía y que cualquier otra chica en el mundo sería muy afortunada si un escritor consagrado como él se fijara en ella.

—¿Escritor? —preguntó Sofía, casi anonadada.

—Sí, mamá. Juan Ignacio es escritor. Me imagino que has oído de él. ¿Acaso no?

—Sí, creo que he oído de Juan Ignacio… Beato.

Sofía casi no podía hablar, o eso quería parecer. Por supuesto que había oído de Juan Ignacio, pero había decidido que ignoraría ese nombre, que no sabía nada de esa estrella en ascenso de la literatura española que, quién sabe por qué razón, había acaparado titulares.

—Pues qué interesante ha de ser la vida de un escritor —dijo Lautaro, como tratando de romper el incómodo silencio, a la vez que acariciaba una de las manos de Sofía—. Cuando Rocío dijo que quería ser periodista, pero que primero necesitaría pasar por la escuela de Literatura, me imaginé que se codearía con mucha gente de ese medio. La verdad, yo no soy de ese mundo, y Sofía tampoco lo es, así que espero que sepa disculpar nuestra ignorancia al respecto. Tal vez sí he oído de un escritor Beato. Imagino ahora que es usted.

—Pues seguro que habéis oído hablar de él en algún momento. Es imposible no haberlo hecho al menos una vez. En fin, que Juan Ignacio y yo nos hemos conocido en la universidad. Fue a dar una conferencia y estuvo dictando algunas clases como profesor invitado. No sabes lo emocionados que estábamos todos por conocer a un escritor tan importante.

—Imagino que así ha de haber sido —respondió Lautaro—. Entonces, ¿se conocieron en ese momento?

—Así es, pero nuestra relación no empezó allí. Nos reunimos un grupo de nosotros, los nuevos estudiantes de la facultad, y algunos escritores consagrados, entre ellos Juan Ignacio, en un café en el centro de Madrid que es frecuentado por la gente del mundo cultural. Allí nos veíamos y discutíamos lo nuevo que algunos escritores habían publicado. También se hablaba de un poco de pintura, de otro tanto de escultura y hasta de arquitectura… ya sabéis, las cosas relativas al mundo cultural.

—Sí, suena todo muy interesante —reiteró Lautaro—. Como os decía, nada que ver con la vida que he llevado yo o la que ha llevado Sofía. ¿No te parece interesante, mi amor?

—Mucho —dijo Sofía, rígida—. Ahora, dime, Juan Ignacio, ¿en qué momento has decidido ser escritor? Quiero decir… ¿fue esa siempre tu vocación?

Juan Ignacio miró a Sofía con una frialdad que la mantenía inquieta y ansiosa, por lo que se veía tensa y contrariada.

—No —respondió Juan Ignacio—. Antes pensé que sería un empresario. Creí que ese era mi destino, pero la vida cambia y las cosas pasan. Sobre todo, las cosas pasan y uno toma caminos distintos a los que en un primer momento supuso que tomaría. Imagino que a todos nos ha pasado, ¿cierto?

Sofía no respondió mucho, solo algún balbuceo para salir del paso. Del mismo modo, el resto de la tarde no dijo mucho más. Durante el almuerzo, que fue servido poco después de la conversación de la sala, Sofía permaneció inquietantemente silenciosa y con la mirada baja, casi como si no quisiera ver a Juan Ignacio. Rocío se sentía terriblemente incómoda y decepcionada. Lautaro, por su lado, trataba de actuar como un mediador. Al parecer no le había interesado que Juan Ignacio tuviera la edad que tenía. Solo con comprobar que era exitoso en lo que hacía y luego de una breve y discreta búsqueda en su móvil con la que comprobó que Juan Ignacio había vendido una cantidad decente de libros a lo largo de su carrera, entendió que era un tío acaudalado que le podía dar a su hija la vida que ella se merecía, y eso fue suficiente como para hacerlo sentir tranquilo. Sin embargo, estaba algo preocupado por la reacción de Sofía, por lo que no dejó de acariciarle la espalda y las manos con discreción. Le sonreía de vez en cuando, haciéndole ver que estaba a su lado.

El almuerzo terminó y Rocío y Juan Ignacio se retiraron a sus habitaciones. Aceptaron con naturalidad que dormirían en habitaciones separadas. Rocío ya se lo había imaginado, así que le había advertido a Juan al respecto. En cualquier caso, Sofía se retiró a su habitación y Lautaro le dijo a su esposa que iría hasta el estudio para sumergirse una o dos horas en el trabajo, que sabía que le había prometido que descansaría un poco más, pero que por el momento tenía mucho que hacer.

—POR CIERTO, mi amor —dijo, antes de irse hasta el estudio —, no tienes que preocuparte por la diferencia de edades entre Rocío y ese hombre. Sí, él es bastante mayor que ella, pero se ve que es un hombre serio. Me pareció bastante centrado cuando hablamos. Me preocuparía si fuera uno de esos tipos bohemios que andan dando tumbos por la vida, buscando un golpe de suerte, pero este tipo es exitoso, ha vendido muchos libros y ha amasado un buen dinero porque sabe cómo hacer las cosas. Tiene mente de empresario que ha utilizado para vender libros. Es un tipo inteligente y eso me tranquiliza. Lo de la edad es lo de menos.

. . .

SOFÍA LE DIJO a Lautaro que no se preocupara, que el tema de la edad no le molestaba tanto, que no era el centro de su preocupación. Lautaro, entonces, le preguntó qué era lo que le molestaba del tipo, pero ella no respondió en lo absoluto y le dijo a su esposo que debía ir a trabajar. Lautaro se sintió extrañado de que Sofía lo conminara a trabajar, que era justamente lo contrario a lo que siempre hacía, pero supuso que ella le diría lo que le preocupaba cuando se sintiera cómoda hablando. Lautaro se retiró y Sofía se asomó al balcón de la habitación. Contempló a Rocío y a Juan Ignacio juntos, mirando la playa. Por supuesto que no se bañaban, porque estaba helada dada la época, pero sí mojaban los pies en ella y se abrazaban y se besaban. Ella, con una mirada severa, no podía creer lo que ocurría. De repente, brotaron lágrimas de sus ojos y tuvo que entrar de nuevo ha la habitación. Le temblaba el rostro y parecía que no podía controlar el llanto. En efecto, no lo pudo controlar y Sofía cerró las puertas para asegurarse de que nadie la viera llorar jamás.

CAPÍTULO ONCE

Rocío y Juan Ignacio, obviamente, desobedecieron la norma impuesta por Sofía, así que en la madrugada él abandonó la habitación que le habían asignado y se adentró en la de Rocío. Allí, los dos tuvieron una noche de pasión, como la que solían tener casi todas las noches desde que habían decidido vivir juntos en el piso de Chueca. Era un lugar pequeño, pero estaba ubicado en el barrio más diverso de Madrid, el lugar propicio para que un escritor y una estudiante de literatura se codearan con toda la gente que les serviría de inspiración para escribir nuevos personajes y nuevas historias. Por supuesto, a ambos les encantaba salir a caminar tomados de la mano por Malasaña y visitar bares, cafés y otros lugares tranquilos del centro, donde podían hablar con amigos y entre ellos mismos y luego, volvían a Chueca, a su casa, en la que todos sus vecinos eran parejas homosexuales y ellos eran la única pareja hetero de su edificio, pero eso poco les importaba ni a ellos ni a los vecinos, porque les encantaba a todos tener a un escritor consagrado entre sus inquilinos.

Cuando Rocío y Juan Ignacio se veían en esas reuniones

de estudiantes y escritores en los bares bohemios del centro de Madrid, se notaba que había entre ellos cierta tensión que no resolvía ninguno de los dos. A Rocío aquel hombre maduro, entrado en años, pero perfectamente bien conservado, le parecía tremendamente atractivo. Por alguna razón, siempre había tenido cierta debilidad por los hombres mayores y supo que en algún momento terminaría liada con un viejo, pero en su momento creyó que sería con uno de treinta y cinco o algo así, pero cuando llegó uno de casi cincuenta y sintió que el suelo se le movía, creyó que se había pasado tres cuadras con su deseo de un hombre mayor, así que trató de controlarse. Juan Ignacio, por su lado, era perfectamente caballeroso y nunca se le insinuó de ninguna forma a Rocío. Para él, era una chica muy hermosa, lo que cualquiera podía ver sin más, pero era demasiado joven y estaba totalmente seguro de que ella no se fijaría en un tipo tan entrado en años como él. Así, por unos meses, no fueron más que dos contertulios, él, el escritor consagrado en una reunión repleta de neófitos deseosos de aprender de los que sabían. Rocío era de los neófitos, y no parecía ser mucho más especial que los otros jóvenes que callaban para oír a los mayores, pero cuando se atrevía a hablar, denotaba que era una chica despierta y se le notaba que había futuro en ella. Seguramente sería una escritora brillante o una periodista destacada si continuaba con su plan original.

En cualquier caso, entre Rocío y Juan Ignacio había algo más que la relación entre dos simples contertulios. Claro que no era lo mismo. Cuando otros jóvenes hablaban, él respondía de una forma casi académica y fría, pero cuando Rocío le hacía alguna pregunta su interés en responderle iba más allá de lo normal, y cuando ella exponía alguna idea, no estaba tan dispuesto a rebatirla como lo estaba con los otros. Incluso, si tenía que rebatirla, lo hacía con guante de seda, cuando con los otros podía usar sin problema un puño de hierro que los dejaba aniquilados al instante.

Por supuesto que Rocío había notado eso —todos los contertulios lo habían notado—, pero no fue sino hasta que una de las amigas de Rocío la conminó a acercarse a Juan Ignacio que ella no pensó en iniciar una relación seria.

—Si hay algo por lo que Beato es famoso —le explicó Sandra, su amiga metiche— es porque es un caballero, lo que entre artistas es muy raro. Ya sabes que todos suelen ser unos patanes. A diferencia de casi todos los demás, nunca se le ocurriría aprovecharse de su posición para irse a la cama con chicas jóvenes, como nosotras. Él no es de esos, pero igual se le nota que le gustas, y no se diga lo que se te nota a ti.

—¿De verdad se me nota mucho?

—¡Joder, tía! Es que cada vez que Beato habla lo miras con ojos con forma de corazón. Creo que deberías dar el primer paso.

—¿Yo?

—Claro que sí. ¿Por qué no? ¿Por qué eres mujer? ¿Por qué eres más joven? No me digas que te reprimes por esas gilipolleces.

—No, pero… ¿no crees que sería raro…? Ya sabes.

—No sería raro. Vamos a ver, Rocío: el tío te gusta y tú también le gustas a él. A pesar de la edad, Beato no está nada mal, y además es exitoso. Estoy segura de que podrías aprender mucho, así que incluso en el aspecto profesional sería un enorme acierto para ti salir con él. ¡Hombre!, que no le veo desventajas por ninguna parte. Si yo tuviera la oportunidad que tienes tú, pues me lanzaría en paracaídas sin pensarlo dos veces.

—¿Y por qué no lo intentas?

—Porque yo no le gusto a Beato y porque a mí no me gusta él. No me gustan los viejos. Que sí, que no puedo negar que está bien bueno el tío, pero sigue siendo un viejo y eso a mí me causa conflictos. A ti no, así que no le veo nada de malo en tu caso. No lo harías solo por interés, por estar con un tipo con plata o con más experiencia, sino que lo harías porque realmente es de tu gusto. Todo bien en ese caso.

Y así, Rocío se llenó la cabeza de ilusiones. ¿Acaso Sandra tenía razón? Tal vez sí... tal vez no... ¿Cómo podría saberlo? Solo había una forma: huyendo hacia adelante sin pensarlo dos veces. La próxima vez que Rocío y Juan Ignacio se vieron, ella fue explícita cuando la reunión se acabó y ambos quedaron solos en la calle, a la salida del café en donde se habían reunido.

Juan Ignacio se mostró sorprendido por el inesperado avance de la chica y le enumeró todos los contras a Rocío, pero ella presentó eficientemente todos sus contraargumentos. Él dijo que era un hombre mucho mayor a ella, a lo que Rocío respondió que ambos eran mayores de edad y que nadie podía decirles nada, además de que la edad no tiene tanta importancia como se le quiere atribuir; él replicó que la edad tendría importancia en el momento en el que él no tuviera ni las energías ni las ganas de hacer las cosas que ella, como chica joven, querría hacer, pero ella le respondió que no le tiene miedo en lo absoluto a hacer ciertas cosas sola y que creía que lo peor que podía hacer una pareja era tratar de convertir a los miembros de la relación en una réplica el uno del otro; él le dijo que era un tipo aburrido en parte por su edad, pero también por su personalidad, a lo que ella replicó que lo que más le gustaría tener en el mundo es a un tipo aburrido, porque estaba enfocada en estudiar, en leer y en escribir, así que un tipo emocionante, de esos a los que le gusta salir de fiesta todas las noches y que arma un drama un día sí y un día no era de lo que menos le interesaba en el mundo; Juan dijo que la gente hablaría cosas horribles de ambos, especialmente de él, porque lo considerarían un viejo verde, pero ella le dijo que dejaría bien en claro con todos que la que lo había iniciado todo era ella; él replicó, entonces, que la acusarían a ella de ser una caza fortunas o algo similar, a lo que ella respondió, entre risas, que todos sabían que lo que menos necesitaba ella era una fortuna, porque provenía de una familia acaudalada… Juan se quedó sin réplicas y también sin ganas de seguir contrariando a Rocío. Desde hacía mucho tiempo no tenía una relación con nadie. Lo había intentado unas pocas veces luego de lo de Sofía, pero nunca había funcionado porque había algo dentro de él que estaba muy roto y nadie parecía entenderlo. Tuvo miedo de que con Rocío pasara lo mismo. Fue muy claro y dijo que la mayoría de las mujeres lo encontraban como un tipo frustrante, pero ella dijo que estaba abierta a cualquier cosa, incluso a la frustración. Peor sería, según creía Rocío, no explorar esa curiosidad que ambos sentían el uno por el otro. Juan, entonces, accedió a salir con ella unas pocas veces, solo con el fin de explorar lo que era salir con una chica tan joven.

La vitalidad de Rocío, su inteligencia, su belleza impresionante, todo lo conquistó de repente. Juan sonreía solo con verla sonreír y ella sonreía cada vez más, porque sabía que él la imitaba. Rocío era suave, desenfadada, desenvuelta y poco tendiente a generar dramas. Además, era muy inteligente, y sabía que con un hombre como Juan Ignacio no tenía sentido crear dramas. Desde el primer momento se dio cuenta de que ese hombre no daba razones para crear ningún drama, porque lo que hacía era escribir religiosamente durante horas todos los días. Entendió de inmediato cómo era posible que Juan Ignacio fuera de los escritores más prolíficos de las letras hispanas en los últimos años. Era extremadamente disciplinado y constante en su trabajo, lo que a ella le parecía fascinante. Después de todo, provenía de una familia cuyos padres le había mostrado todo lo contrario: les encantaban las aventuras, los cambios, los viajes y los riesgos. Sus padres siempre tuvieron algo de agresivos, en los negocios, en las relaciones sociales, en la vida en general. Rocío había conocido muy poco de la vida de la gente apacible y disciplinada y lo que encontró en Juan Ignacio le pareció maravilloso. Para sorpresa de ambos. Encajaron perfectamente bien desde el primer momento.

Finalmente, luego de un mes de salir sin avanzar más allá de algunos besos y caricias, Sofía invitó a Juan Ignacio a subir a su piso. Él, nervioso, le dijo que no estaba seguro de aceptar la invitación de una chica tan joven, pero ella le dijo que no debía preocuparse más por el tema de la edad. Ella estaba feliz con él y dispuesta a intentar lo que fuera necesario para avanzar en una relación con él.

Juan Ignacio, entonces, aceptó la invitación de Sofía y subió al piso con ella. En ese pequeño espacio que él conoció por primera vez, se besaron con ternura luego de que Rocío le sirvió una copa de vino a Juan y hablaron alguna tontería sin sentido. El beso que se dieron en el sofá fue maravilloso y húmedo. Juan tenía mucho tiempo sin besar a una mujer en la que tenía alguna esperanza. La última vez que tuvo esperanzas con una terminó tan herido que ni siquiera podía llorar, sino mirar a la lluvia y preguntarse, desorientado, qué debía hacer con su existencia. Le costó mucho salir de ese abismo, y salió de allí convertido en escritor en vez de empresario.

Juan llevó su mano a una de las turgentes tetas de Rocío, una teta firme y juvenil, y disfrutó de sus maravillosos labios, carnosos, jugosos y naturalmente rosados. Rocío, por su lado, llevó su mano hasta el miembro de Juan Ignacio, que permanecía discretamente guardado dentro de la cremallera de sus pantalones, pero era evidente su deseo de salir de allí y hacer lo que el miembro de un hombre sabe hacer.

Rocío no quiso que Juan esperara mucho más, así que se puso de pie y lo invitó a él a ponerse de pie también. Lo dirigió hacia la cama, que estaba en una pequeña pieza contigua a la de la minúscula sala. En la penumbra de una noche en la que solo entraba algo de la luz de la calle al cuarto, ella se desvistió lentamente frente a él y Juan Ignacio la contempló, casi inmóvil. En su delicado acto de desnudismo, Rocío se mostró sensual, maravillosamente suave, plenamente femenina y grácil. Cuando quedó totalmente desnuda, Juan pudo ver un cuerpo perfecto, como no había visto desde hacía mucho tiempo. Por supuesto, recordó que Sofía era así de perfecta, pero no relacionó en se momento de ninguna forma las dos figuras, aunque luego le parecieron obvias sus similitudes, pues una era la digna heredera de la otra.

Rocío, luego, se acercó a Juan Ignacio y lo desvistió lentamente, con la misma sensualidad con la que ella se había desvestido a sí misma. Desabotonó su camisa lentamente y descubrió su torso de hombre maduro, pero bien trabajado, porque Juan Ignacio no había perdido la costumbre de hacer deportes grupales, especialmente de jugar fútbol, y correr algunos kilómetros por lo menos dos veces por semana. Rocío sonrió y le dijo a Juan Ignacio que era un hombre muy hermoso y atractivo, lo que él recibió como un halago proveniente de una chica como Rocío, precisamente.

La chica, entonces, le quitó los pantalones y descubrió ante ella la totalidad de su desnudez. Su miembro viril, erecto, denotaba los deseos de Juan Ignacio de acceder a Rocío, pero su conducta contenida solo hablaba del profundo respeto que sentía por ella y su voluntad. No haría nada sin que ella lo autorizara primero.

—Ahora ven a mí, mi amor —dijo Rocío—. Ven, que te necesito. Hazme tuya, haz conmigo todo lo que desees y conviérteme en tu mujer.

Juan Ignacio, por supuesto, obtuvo la autorización que necesitaba e hizo lo que le pidió Rocío: la convirtió en su mujer. Juan se inclinó sobre ella y la besó con ternura, pero con firmeza, con su lengua entrando en la boca de la chica y declarándola su territorio, le acarició y le olió el pelo con beneplácito y devoción y luego hizo que se sentara en la cama, abriéndole las piernas. Juan miró a Rocío con lujuria, como vio años antes a Sofía, pero con la nueva chica decidió que no tendría las mismas contenciones que tuvo con la madre tantos años antes. Sin previo aviso, Juan hundió su rostro en la ingle de Rocío y ella, de repente, sintió una fuerte succión en su clítoris, que ahora quería salírsele. Juan Ignacio, al parecer, iba a tragársela por completo y Rocío, sorprendida, no pudo más que gemir y tomar al macho por su cabello, hundiéndole su rostro un poco más entre las piernas, como asegurándose de que Juan jamás pudiera escapar y que no parara lo que le hacía en ese íntimo lugar de su ser y de su cuerpo. ¡Qué maravilloso era ese hombre! ¡Qué magnánimo lo que le hacía sentir!

—¡Hombre! —decía Rocío, casi incapaz de articular las palabras—, que eres un experto en esto. ¡Joder! ¡Así, mi amor! ¡Así, mi hombre! ¡Así! ¡Así!

Rocío se lanzó a la cama y sacudió la cabeza mientras sus piernas, comprimidas, descansaban sobre la espalda de Juan, arrodillado frente a la cama y con la cabeza hundida en su ingle. El gemía, pero no decía nada, porque su lengua y sus labios no hacían más que succionar. La lengüita solo entraba y salía por el agujero vaginal, a la vez que luego iba y se retorcía sobre el clítoris, que quedó a merced de un oleaje de carne, de una lengua que parecía un gusano rozándolo y atormentándolo. Rocío, por supuesto, gemía y gritaba que siguiera, que quería más, que era un experto en lo que hacía y que se le notaba la experiencia.

Al fin, cuando Juan creyó que sería suficiente su juego de lengua sobre el coño de su amante, se levantó y se recostó sobre ella, aplastándola con su peso y con su maduro cuerpo atlético. No pidió permiso y no esperó a que Rocío le dijera nada. Presionó con su polla los labios vaginales de la chica y, rápidamente, entró en ella. Rocío sintió, en efecto, aquella entrada maravillosa en su interior, aquella invasión esperada y deseada. Juan la penetró hasta el fondo y ella se sintió completamente ocupada, sin espacios insatisfechos dentro de ella. ¡Así justamente ella deseaba ser follada! ¡Aquel hombre era un hombre experimentado! ¡Cómo se le notaba! ¡Era un hombre! ¡Un hombre! Juan entraba y salía en Rocío, bombeaba el interior de la hembra con la potencia de un hombre de verdad, dejándose llevar por su deseo de al fin poseer a una mujer que fuera suya para siempre. ¿Sería esa chiquilla la mujer con la que al fin se asentaría su corazón herido y aún no del todo cicatrizado? Tal vez. Por eso, justo por eso, por esa esperanza que desde hacía mucho tiempo no sentía, Juan Ignacio se arrastró al placer y al gozo, y folló como nunca había follado a ninguna mujer.

Y Roció lo sintió en sus adentros como un trueno viril que se le metía por el coño y que le retumbaba en el estómago. ¡Sentía cada golpe en la espina dorsal y en los hombros! Toda se contrajo y toda se convirtió en un ovillo de gozo y de placer. La chavala que adoraba a aquel viejo y que tal vez creyó que en él encontraría una vida apacible, al mismo tiempo descubrió que encontraría en él a un amante que sería como una tormenta, un huracán que le entraba al cuerpo y se le metía debajo de la piel. Con sus movimientos de pelvis incontenibles, imparables, imposible de detener, Juan Ignacio restregaba su cuerpo contra el de Rocío, y ambos se besaron mientras el placer los consumía y los rehacía.

—Me gustas, chavala —dijo Juan Ignacio—. Me gustas mucho, chavala. Eres una pequeñita, pero… ¡me gustas, tía! ¡Me gustas!

—No soy una chavala, mi macho. ¡Soy una mujer! Soy una

mujer, y quiero ser tuya. ¡Ser tuya así! ¡Así! ¡Hazme tuya! ¡Tuya!

Y así, Rocío se hizo la mujer de Juan Ignacio. Ella explotó en sus brazos, sintió como el orgasmo le destrozó la vagina, que se le comprimió y apretujó la polla de Juan, que ahora estaba atrapada sin remedio dentro de ella, pero al mismo tiempo lo sintió en el estómago y en el pecho. El mundo entero le daba vueltas a Rocío, pero no se caía hacia el abismo porque Juan la sostenía.

Cuando el orgasmo pasó, el placer se mantuvo cuando sintió dentro de ella la polla de su hombre palpitar, descargándose en su interior, sembrándola. Rocío entendió que ese palpitar era su hombre entrando en ella como un torrente de virilidad y ella lo recibió como el nuevo inquilino permanente de sus confines. Su casa ya no estaría sola y Juan, entonces, tendría un lugar que habitar de ese momento en adelante. Se miraron y se sonrieron. Al fin, terminaron esa apoteósica consagración con un beso profundo y húmedo que les alcanzó hasta el amanecer, que fue el primero de muchos amaneceres que vivieron juntos.

Las dos almas estaban tan compenetradas la una en la otra, tan juntas en el trayecto del camino que la vida había reservado para ellos, que ningún mandato, ni de Sofía ni de ninguna otra madre, podría apartarlos ni una noche. Juan Ignacio, por eso, él abandonó su habitación y fue hasta la de fue hasta la de Rocío, donde volvieron a follar con la misma pasión y desenfreno de aquella primera vez en Madrid. Follaban siempre con esa emoción, se repetían esas palabras, se abrazaba igual y se besaban. Al amanecer, discretamente, antes de que incluso el personal doméstico se levantara, él regresó a su habitación para disimular su delito.

Sin embargo, cuando entró en su cuarto, no se imaginó que se encontraría con lo que se encontró: Sofía lo miraba de frente, de pie en medio del cuarto, con los ojos casi desorbitados y llenos de rabia.

—¿Sofía? —preguntó Juan Ignacio, desorientado—. ¿Qué haces aquí?

—¿Qué hago yo aquí? ¿Yo? ¿Me preguntas eso a mí? ¡¿Qué coño haces tú aquí?!

—¿No fue esta la habitación que me asignaste?

—¡No seas cínico, Juan Ignacio! Sabes muy bien a lo que me refiero. ¿Qué haces aquí, con mi hija? ¡¿Cómo es eso de que te has liado con Rocío?!

Juan Ignacio hizo silencio por un largo rato, como pensando lo que iba a decir, pero finalmente optó por hablar con naturalidad.

—Pues no pasa nada, Sofía. Simplemente se dieron las cosas y listo. Casualidades del destino. Creo que hay gente que cree en eso de la casualidad, pero yo no. Esto no ha sido más que un accidente.

—¿Casualidad? ¿Accidente? ¿Crees que voy a creer eso? ¿Acaso me vas a decir que no fue todo premeditado? ¡Lo hiciste por acercarte a mí, Juan!

—¿Acercarme a ti? ¿Para qué coño iba yo a querer acercarme a ti, Sofía? ¿Para qué?

—¿Para qué? Pues es obvio: aún me amas, tanto que estás dispuesto a salir con una chavala inocente como Rocío con tal de volver a verme.

Juan Ignacio miró a Sofía con sorpresa, pero de repente rompió en un carcajeo casi incontenible, como si la mujer hubiera dicho la cosa más absurda que jamás había oído.

—¿De verdad crees que aún te amo, Sofía? ¿De verdad crees que...? ¿Acaso tienes tan baja imagen de mí que de verdad crees que, después de todo este tiempo, después de haberme convertido en el hombre que soy, voy a recurrir a juegos ridículos para acercarme a ti? No te niego que hace mucho tiempo hubiera querido acercarme a ti, pero no para suplicarte que volvieras conmigo, porque después de lo que me hiciste evidentemente no te hubiera querido de vuelta ni en un millón de años, pero hubiera querido tenerte de frente para que me oyeras y para obligarte a darme alguna explicación… Pero ¿ahora? ¡Ahora ya no importa, Sofía! Ahora tú no me importas en lo absoluto. Ya tú no eres nadie ni representas nada para mí. ¡Nada! Creo que no has tenido a nadie que te baje el ego. Todo el mundo necesita que alguien le dé un golpe tan terrible que el dolor lo tenga presente para toda la vida y no permita que ese maldito del ego se le infle al punto de creer que el resto del mundo de verdad tiene algún interés en ti. Yo no estoy aquí por ti, Sofía. Yo estoy aquí por mí y por Rocío. Estoy aquí por la mujer que amo y con la que pienso seguir, porque ha sido la única relación en años con la que he sentido que la vida tiene sentido y que tengo un futuro para vivir. Es triste que a los veintisiete te rompan el ego a tal punto que solo a los cuarenta y ocho vuelvas a creer en ti y en tu futuro, pero nunca es tarde para volver a vivir, ¿no?

—Pero ¿qué dices? ¡¿Qué dices?! ¿De verdad piensas continuar con esta locura de seguir con Rocío? ¿De verdad piensas…? No me digas que no haces esto por venganza, Juan Ignacio. ¡Solo quieres provocarme! Tú no amas a Rocío, ¡solo quieres atormentarme! ¡Es lo único que quieres!

—¿Atormentarte? ¿Por qué yo querría atormentarte, Sofía?

—¿Cómo que por qué? Porque… —Sofía hizo silencio, mirando a Juan Ignacio con una mezcla de rabia y vergüenza —. Tú sabes por qué, Juan. No hace falta que nos lo volvamos a decir.

—Claro que hace falta, Sofía. ¿Por qué no haría falta decirlo? No es que no haga falta decirlo, es que no lo quieres decir para no tener que pasar por la vergüenza de tener que reconocer lo que eres.

—¿Lo que soy? ¿Y qué es lo que soy, Juan? ¿Qué es lo que soy?

Juan miró a Sofía con dureza. ¡Al fin esos ojos mostraban alguna emoción! Sin embargo, Sofía no estaba preparada para que Juan Ignacio alguna vez le mostrara algún sentimiento, así que se sintió instantáneamente arrepentida de haber sido ella la que convocara a ese fantasma indeseable que ahora despertaba en Juan Ignacio.

—Tú siempre creíste que yo no tenía un corazón, Sofía —dijo finalmente Juan Ignacio, luego de controlarse a sí mismo y de decidir que no valía la pena llevar la situación a los insultos, porque lo único que lograría sería alejarse de Rocío, y la verdad es que Sofía ya no valía la pena—. Siempre me trataste como si no tuviera alma, y sí, reconozco que nunca he sido el hombre más espontáneo del mundo, ni soy emocionante ni soy... En fin, que no soy la clase de tipos como ese tal Lautaro, que va de aventurero por allí, cazando mujeres en garitos y casándose con ellas sin siquiera conocerlas. Esa no es mi vida, en efecto. Sin embargo, sí tengo un corazón, Sofía. Tengo un corazón, como todos, aunque no lo saque a pasear todos los días para exhibirlo frente a todo el mundo. Yo te demostré amor de la forma en la que yo puedo y sé hacerlo, no de manera espontánea y emocionante, pero sí con devoción y dedicación. Sé que no es mucho, pero es todo lo que alguien como yo puede dar. Entiendo que para alguien como tú no sea suficiente o sea una forma de amor que no le satisface, pero lo único que hubiera querido de tu parte, Sofía, es algo de respeto. No tenías que amarme, ni que casarte conmigo, pero sí tenías que respetarme, más a allá de porque me merezco un mínimo de trato considerado porque soy simplemente un ser humano que tiene un corazón, como todos, sino también porque no me puedes decir que no notaste mi devoción y mi profundo respeto hacia ti. Yo no te di un amor emocionante, ni espontáneo, ni alegre, todo eso lo sé, pero sí fue un amor muy devoto, y eso es bastante, Sofía. A lo mejor no era el amor que tú querías, pero es un amor que otras quieren y que tú trataste como si no fuera más que basura. No tenías que quererme, no soy quién para exigirte eso, pero tenías que... ¿Por qué tenía que ser yo el que te buscara para pedirte explicaciones, Sofía? ¿Por qué tenía que ser yo el que me humillara para pedirte que me demostraras el más mínimo respeto? ¿Por qué tu esposo envió a esa empleada tan gris a que me lanzara las palabras de desprecio que él no se atrevió a lanzarme a la cara y que tú tampoco te atreviste? ¿Tan poco valgo para ti? Está bien, Sofía, está bien que te parezca tan poca cosa, pero dados los antecedentes, no te atrevas a exigirme absolutamente nada. Yo aún te respeto, tanto que no le he dicho a tu hija lo que me hiciste y ella está angustiada, pensando que no me quieres simplemente porque soy mayor que ella. Si supiera la verdad... ¿qué pensaría de ti y de su padre si Rocío supiera la verdad?

La sola idea de que Rocío supiera lo que ella y Lautaro habían hecho años atrás, la indignidad e indiferencia con la que habían tratado a Juan Ignacio, aterró a Sofía. Sabía que Rocío los cuestionaría fuertemente a ambos, porque ella, su hija, tenía un espíritu de justicia que ninguno de los dos, ni Lautaro ni ella, sabía de dónde había salido. Tal vez que su hija fuera una justiciera que se mostraba profundamente asqueada ante las injusticias, independientemente de su procedencia, era el castigo que la vida había deparado para ellos, porque sabían que no habría juez más duro con ambos que la propia Rocío.

—No te atreverías a hacerle tanto daño a Rocío, Juan Ignacio. ¡No te atreverías a decirle eso!

—¿Y qué quieres que haga? ¿Qué me aleje de ella sin darle ninguna explicación? ¿Acaso quieres que yo le haga a ella lo que tú me hiciste a mí? ¿Eso es lo que quieres para Rocío, Sofía? ¿Eso es lo que me estás pidiendo?

Sofía hizo silencio total, abriendo los ojos de par en par y dándose cuenta de la encrucijada en la que se encontraban.

—¿Por qué...? —Sofía apenas podía hablar—. ¿Por qué decidiste seguir con ella aun sabiendo quiénes éramos sus padres? Porque no me puedes decir que no sabías quién era Rocío. Sabías su apellido.

—¿Y? ¿Acaso Lautaro es el único padre con el apellido España del mundo? Además, ¿crees que cuando nos conocimos hablamos de vosotros? ¿Acaso los que se están conociendo lo primero que hacen es hablar de sus padres? ¿Sabes cuándo supe quiénes erais los padres de Rocío? Hace dos días, cuando me dijo que su madre le había insistido demasiado en que la fuéramos a conocer, pero que le preocupaba que no reaccionaran bien ante la diferencia de edades. En ese momento le pedí que me hablara de vosotros y... salieron a relucir vuestros nombres. Sí, sabía que el padre de Rocío era de apellido España, por obvias razones, pero no sabía que se llamaba Lautaro, y sobre ti... Estoy muy viejo para que mi pareja me hable de sus padres, Sofía. Vosotros no salisteis a relucir sino hasta ahora. Me di cuenta de que estaba saliendo con una jovencita justamente porque aún le preocupa lo que piensen sus padres, así que quise saber de vosotros para saber cómo podía entraros, pero cuando lo deduje todo... ¿qué iba a hacer, Sofía? Ya era muy tarde. Rocío y yo ya estamos enamorados, y eso no tiene nada que ver ni contigo ni con Lautaro. Ya es muy tarde para alejarme sin causar daño y sin que Rocío sufra de la misma confusión que viví yo en su momento. Es muy tarde, para todos nosotros... Excepto para ella.

—¿Qué quieres decir?

—Que ella no tiene por qué enterarse de nada. Ella no tiene por qué sufrir por nada ni por qué pagar las deudas de una situación en la que ella no tiene ninguna deuda que pagar. ¿Acaso vas a heredarle a ella el dolor que tú cargaste sobre mis hombros?

Sofía miró a Juan Ignacio totalmente desorientada. No había nada que pudiera hacer ni decir. ¿Qué hubiera podido hacer o decir? ¡No había absolutamente nada! ¡Nada! Sofía bajó la mirada e, inesperadamente, rompió en llanto. Juan Ignacio, sin embargo, no se inmutó y simplemente la contempló romperse.

—¿Alguna vez me perdonaste, Juan Ignacio? —preguntó Sofía luego de un momento, cuando pudo recuperarse de su llanto.

—¿Cómo? ¿Qué pregunta es esa? ¿Me estás pidiendo perdón, acaso?

—No. No te estoy pidiendo perdón porque no soy tan descarada. Solo quiero saber si alguna vez pudiste perdonarme… No tienes que decirme que me perdonas, porque no me lo merezco y no quiero que me digas que me perdonas, pero solo quiero saber si tú pudiste descargarte a ti mismo de lo que te hice y pudiste continuar.

—Sí.

—¿Sí? ¿De verdad me perdonaste? ¿Cuándo? ¿Cómo fue?

—¿Qué puedo decirte? Creo que fue en el momento en el que dejé de ser empresario y me convertí en escritor. Luego de lo que me hiciste, luego de que le notifiqué a mi familia que no habría boda, que te habías desaparecido con un tipo desconocido y que no te habías dignado a siquiera explicarme nada, mi familia me dio permiso para hundirme en mi depresión, muy discreta y silenciosa, por supuesto, porque todo conmigo es discreto y silencioso. Me encerré en mi piso por un mes y ellos me llevaban comida todos los días y contrataron a una chica que venía cada dos días a limpiar el asco que dejaba a mi paso. No recogía ni un solo envoltorio de cualquier cosa que destapaba, ni levantaba del suelo las latas de las cervezas que consumía. Durante todo ese mes no me molestaron ni me increparon ni un solo segundo. No me dijeron que tenía que superarlo ni anda. Fueron muy comprensibles. Tengo la mejor familia del mundo, la verdad. Sin embargo, ese tiempo me sirvió para darme cuenta de que nunca había seguido mi propio camino, que había aceptado el destino que mi apellido me había impuesto y que lo que menos quería en este mundo era ser empresario, propietario de una exitosa empresa que fabricaba cajas. Quería ser escritor. Siempre fui escritor. Te perdoné el día en el que hablé con mi hermano menor y le dije que no le disputaría ninguna propiedad de la empresa, que era toda suya, y cuando le dije lo mismo a mis padres y no les reclamé nada para mí. Estaba dispuesto a labrarme de un nombre como escritor desde el inicio. Dejé la empresa, dejé el negocio familiar, dejé todo y emprendí la búsqueda de editorial. El día que aceptaron mi primer libro, luego de casi dos años de rechazos, perdiste absolutamente toda la importancia que alguna vez tuviste, porque en ningún caso eres más importante que absolutamente ninguno de mis libros, ni el peor de ellos. Te perdoné porque yo soy más importante que tu efecto en mí y mi pasión por escribir te supera a ti y a tu traición. No te preocupes, Sofía, que has sido perdonada, pero no por un gesto magnánimo de mi parte. Te perdoné simplemente porque pude seguir con mi vida y no me estanqué en ti. Espero que entiendas que no te mereces mucho más que eso.

—Y no me atrevería a pedir nada más.

Sofía y Juan Ignacio se miraron largamente. Ella, adolorida y arrepentida, no parecía haberse perdonado a sí misma todavía. Al parecer, para Sofía, la felicidad junto a Lautaro no había sido suficiente como para dejar su reprobable acción atrás. ¿Cómo hubiera podido dejarla atrás? ¿Cómo se puede perdonar a uno mismo luego de haber hecho lo que hizo Sofía? Qué bueno que Juan Ignacio logró perdonarla, y ella lo celebró porque era lo mejor para él, pero alguien tenía que seguir pagando la culpa, porque esa culpa no tenía fin, y lo mejor es que fuera ella quien la pagara por el resto del tiempo en el que sus pies pisaran la tierra.

Sofía se acercó a la puerta, con los brazos cruzados, cabizbaja y con la expresión cansada. Se vio súbitamente envejecida.

—¿Me prometes que nunca le dirás nada a Rocío, Juan Ignacio? —preguntó Sofía, antes de salir de la habitación.

—¿Qué caso tendría decírselo, Sofía? ¿Con qué objetivo? ¿Para destruirla y para volver a destruirme a mí mismo, de paso? Yo sé lo que se siente ser destruido, Sofía, y no pienso pasar una segunda vez por la misma experiencia, y mucho menos voy a pasar por ella por mi propia acción. Yo no voy a hundirme la daga a mí mismo.

Sofía, entonces, volteó lentamente hacia el corredor. Una vez afuera de la habitación de Juan Ignacio, le prometió que al amanecer hablaría con Rocío y le diría que todo estaba bien, que bendecía su relación, que su actuación se había debido solo a la impresión, pero que lo había pensado mejor y que ahora estaba feliz por ella.

—Yo tampoco pienso cometer el mismo error una segunda vez, Juan Ignacio —dijo Sofía, profundamente triste —, y mucho menos pienso destruir a mi hija con ese segundo error. Tú aprendiste, pero yo también.

Sofía, entonces, se alejó de Juan Ignacio. Él al vio caminar por el pasillo, regresando a su propia habitación. Casi parecía un fantasma que vagaba por la penumbra de aquella mansión que alguna vez tuvo unos amantes de oro que fueron muy felices a la luz de una chimenea, pero ahora erraban arrepentidos por la vida que habían tenido.

CAPÍTULO DOCE

Juan Ignacio y Rocío abandonaron la casa y se fueron de vuelta a Madrid. Lautaro y Sofía vieron el coche partir y alejarse de ambos. Lautaro abrazó a su esposa bajo la sombra del porche de la mansión y le preguntó si estaba bien.

—Sí, estoy bien, Lautaro.

—No lo parece, Sofía. Sé que hay algo que no me has dicho, mi amor. Hay algo que… ¿Qué es lo que tiene se Juan Ignacio que tanto te desagrada?

—No me desagrada, Lautaro, es solo que… —Sofía no se atrevía a hablar.

—¿Qué? —Pero Lautaro quería saber lo que ocurría.

—Mi amor, mejor vamos a la biblioteca. Hay algo que tengo que decirte de Juan Ignacio, algo muy importante.

Mientras Sofía le contaba a Lautaro quién era Juan Ignacio, mientras le decía cuál era su identidad, mientras le contaba sobre la conversación que habían tenido durante el amanecer en la habitación de su antiguo prometido, Juan observaba a Rocío con amor, mientras ella conducía su coche a lo largo de la carretera, dispuesta a salir de Málaga para emprender viaje definitivo hacia Madrid.

—Vámonos por un tiempo, Rocío —dijo Juan Ignacio de repente.

—¿Cómo? ¿Qué dices, mi amor?

—Para convertirte en escritora, lo primero que debes hacer es viajar y follar mucho con la persona a la que amas. ¡Vámonos de viaje! ¡Vámonos a Roma! ¡A París! ¡A Estambul! Tú dime a dónde quieres ir y vámonos.

Rocío miró a Juan Ignacio totalmente intrigada, extrañada, casi asombrada ante la petición, pero sonrió.

—¿Y mi trabajo? ¿Y la universidad?

—¿Tu trabajo de camarera, que de seguro te encuentras otro igual cuando regreses y la universidad que no se ha movido de allí en años y que seguramente no va deprimirse porque suspendas tus estudios durante un semestre? Vámonos, Rocío. ¡Vámonos!

Rocío estaba más asombrada aún por el repentino arranque de Juan Ignacio.

—Tú no eres así, mi amor —dijo ella, de repente—. ¿Te irías así, sin planificarlo nada?

—¿Qué necesitamos planificar? El amor entre nosotros no necesita planificación, y si eso no lo necesita, nada más lo necesita. Solo vamos a follar como locos en un lugar en el que nadie nos conozca y en el que no tengamos obligaciones. Quiero dejar de escribir meticulosamente cada día de mi vida por al menos unos meses. ¡Quiero experimentar a ser vago e impulsivo alguna vez en mi vida!

—¿A los cuarenta y ocho años?

—Mejor a los cuarenta y ocho que a los ochenta y ocho, ¿no?

Rocío sonrió, esta vez con mayor énfasis y divertimiento.

—¡Ahora has resultado una caja de sorpresas que nunca pensé que serías, Juan Ignacio! Estoy impactada.

—Una sorpresa al año no hace daño, ¿no?

—Supongo que no.

Y ambos rieron durante el resto del camino. Ese viaje de cinco horas fue todo el tiempo que tuvieron para planificar algo su salida ese mismo día rumbo a Roma, con itinerario por descubrir. En el coche de Rocío, se perdieron en la aventura espontánea y se dirigieron hacia un futuro incierto, pero en el que estarían juntos por el tiempo que la vida se los permitiera y eso era lo único importante para ambos.

Mientras tanto, mientras los amantes terminaban de hablar de su improvisado viaje, Lautaro estaba de pie en la biblioteca, con una mano apoyada sobre un librero y la otra en la cintura. Acababa de oír la noticia sobre la verdadera identidad de Juan Ignacio. Estaba cabizbajo y tenía una expresión seria.

—¿Qué piensas? —preguntó Sofía.

—¿Qué pienso de qué?

—De lo que te he contado.

—Pues no tengo nada que pensar. Pienso que la vida nos está cobrando lo cabrones que fuimos con ese tipo, y ahora no tenemos más remedio que dejar que esté con Rocío. Después de todo no parece que quiera hacerle daño.

—¿De verdad crees que no quiere hacerle daño? ¿No crees que está con ella solo por venganza?

—¿Venganza? ¿Acaso crees que recurriría a un subterfugio tan ridículo un escritor famoso con el poder de hundir la reputación de cualquiera haciendo que en una de sus novelas aparezca algún personaje haciendo una inmundicia terrible, como, por ejemplo, dejar plantado a un novio ilusionado solo porque se ha encontrado a otro tío que folla mejor y tiene plata?

—Pero ¡¿qué dices, Lautaro?! ¡Esa no fue la razón por la que dejé a Juan Ignacio por ti!

—Sí, lo sé, pero si tu nombre y el mío aparecen claramente en una novela de ese Juan Ignacio y este decide denunciar lo que le hemos hecho y él decide que lo has dejado por puta, por cachonda y por arribista y materialista, ¿a quién crees que le va a creer el público? ¿Al escritor adorado y venerado, que de paso es famoso porque se porta como un perfecto caballero, o a la chica que antes era de clase baja y que, de la noche a la mañana, terminó casada con uno de los magnates más importantes de este país? Tú y yo podemos saber la verdad de nuestra relación, Sofía, pero los demás no la saben... Y Juan Ignacio desde hace mucho tiempo pudo haberte destruido al punto de que no hubieras sido capaz ni de asomarte por la ventana sin ser señalada. No lo hace por venganza. ¡Es lo que te digo! Por simple casualidad, Rocío y Juan Ignacio se encontraron y se enamoraron y nosotros no tuvimos nada que ver en eso. ¡El maldito destino nos está haciendo pagar! ¡El destino existe y es un cabrón que no perdona!

Sofía hizo silencio, al igual que su esposo. Él volteó y miró a Sofía por un largo rato.

—No hay nada que hacer. Lo que has hecho está bien, darle tu bendición a Rocío y confiar en Juan Ignacio. No nos queda otro remedio. ¿Acaso tenemos derecho a hacer otra cosa? —Sofía no respondió en lo absoluto. No, ninguno de los dos tenía derecho a hacer otra cosa—. Ahora que estamos hablando de este tipo de cosas, de verdades y situaciones difíciles, tengo algo que decirte, mi amor. Es algo que te he estado ocultando por un tiempo, pero ya que hablamos de esto, creo que es hora de que ya lo sepas.

—¿Cómo? ¿De qué hablas, Lautaro? ¿Qué es lo que me has estado ocultando?

Lautaro se sentó en la silla de su escritorio, en la que de vez en cuando solía recibir a sus invitados de negocios. Allí parecía un rey sentado en su enorme trono, desde el que gobernaba sin piedad un reino muy obediente a sus mandatos, pero Lautaro, por primera vez, se vio minúsculo y totalmente insignificante ante los ojos de Sofía. Su esposo lloró de repente y ella, anonadada, no pudo moverse un solo milímetro, excepto cuando se dio cuenta de que al fin ese hombre, que siempre fue tan fuerte y tan imponente, el que jamás admitió ninguna derrota, al fin había encontrado una oposición lo suficientemente severa como para hacerlo caer ante ella. Por supuesto, Lautaro la elegía a ella para mostrarse débil quizá la única vez en toda su vida. Él sabía lo que hacía, pero ella no necesitó oír nada más para levantarse y abrazar a su esposo con toda su ternura. Ella no sabía lo que ocurría, pero no importaba: tendría ahora que sostenerlo a él, pasara lo que pasase y tendría que ser fuerte por los dos. Lo besó en la frente y le dijo que estarían bien, que podía decirle lo que sea y que ella encontraría la forma de sobrellevarlo, que nada los derribaría jamás. ¡Nada!

Roma enamorados es un sueño al que pocos pueden aspirar, no tanto por cuestiones de dinero o materiales, sino simplemente porque un amor como el de Rocío y Juan Ignacio casi nunca se encuentra. Sin embargo, ellos lo tenían, y pudieron vivir la experiencia de esa ciudad tomados de la mano, consumiendo deliciosos gelatos en cada esquina, al punto de que ambos iban pronto a perder su figura. No les importó ni a Juan ni a Rocío, porque una vez que encuentras un amor como el que ellos encontraron, la figura, la belleza, la juventud y todo lo que piensan las mentes frívolas que es importante encuentran su verdadera dimensión intrascendente. Para ambos lo importante era estar juntos, independientemente de cómo fueran sus cuerpos.

Les encantaba sentir que la luz se filtraba por entre las cortinas en las mañanas y oír el rumor de la calle en el centro de la ciudad, cuando la gente despertaba e iniciaba su trajinar diario. Habían follado toda la noche, se habían tocado, Juan Ignacio había penetrado a Rocío y ella lo había besado y lo había abrazado. Le había envuelto la cadera con sus piernas y la había acariciado el pelo en señal de placer y de goce. Habían sudado y había pasado una noche húmeda. Poco importaba el invierno, poco importaba la primavera. Todo lo que hicieron Rocío y Juan Ignacio fue, justamente, follar con placer y locura.

Rocío llamaba de vez en cuando a su madre y le preguntaba cómo iban las cosas y Sofía respondía que todo iba muy bien, que cuando regresara a España le quería contar algo, pero le pedía que no se preocupase, que no era nada que estuviera en sus manos resolver, así que le suplicaba que continuara disfrutando de su viaje. Rocío a veces sentía que las palabras de Sofía solo intentaban tranquilizarla, pero era tal su felicidad que había decidido que lo mejor era simplemente ignorar todo lo que pudiera ocurrir. Ya vería qué hacer cuando regresara a España si es que había algo que se pudiera hacer. Los días pasaron junto a Juan Ignacio en medio de aquella burbuja de total indiferencia por los problemas del mundo. Ya resolverían los problemas después.

Se habían vuelto aventureros y se atrevían a follar en todas partes, incluso donde no debían. Una vez, en el baño de un restaurante, Rocío escaló sobre el cuerpo de Juan Ignacio y ella tenía que procurar que sus pies estuvieran siempre el aire, porque en el baño de caballeros del restaurante la hoja inferior de las puertas de los cubículos dejaba demasiado espacio, tanto que casi se podía ver media pantorrilla de Juan Ignacio mientras la follaba, y él no podía moverse demasiado, pues alguien podía deducir lo que adentro de ese lugar estaba ocurriendo en realidad; en las callejuelas de la ciudad había siempre algún portal que en las noches quedaba totalmente sin iluminación, así que ellos aprovechaban esos lugares para dejarse arrastrar por las ganas, y de repente Rocío estaba sometida por el fuerte cuerpo de Juan Ignacio, quien la penetraba si compasión, pero ella no podía decir nada, ni gemir siquiera, pues a unos metros solamente algunos transeúntes pasaban y podían oírlos y poco importaría, entonces, el haber estado tan protegidos por le manto de la oscuridad; en una plaza perdida de la ciudad había un pequeño arbusto contra el muro de una derruida casa, que no parecía abandonada, pero envejecida y algo descuidada, y protegidos por los arbustos, Juan aplastó a Rocío con su peso y su polla dura como el acero entró en ella. Esa vez, sin embargo, tuvieron que salir corriendo, porque una anciana, asomada en el balcón, les lanzó agua y, gritando en italiano, les dijo que eran unos depravados y que llamaría a la policía. Entre risas casi histéricas, ambos terminaron varias calles lejos de allí, hasta que entraron al viejo caserón que habían alquilado para pasar una temporada en Roma. Continuaron riendo, pero unos minutos después estaban manos a la obra, terminando ahora el asunto que no habían podido terminar, y sobre la cama, Juan Ignacio volvía a aplastar a Rocío y ella recibía aquel cuerpo sobre ella y dentro de ella, feliz.

Pasaron así los días en Italia, porque luego viajaron a la Toscana y terminaron en Milán, pero era como si no hubieran cambiado de ciudad, porque en todas era lo mismo: follaban a toda hora y en todas partes, e increíblemente no se quedaron sin ganas. Parecía que las energías no se les acabarían nunca. Era tanto así, que los viajes por carretera se les hacían muy largos, porque se detenían al menos dos o tres veces entre ciudad y ciudad, ocultaba el coche de la vista pública entre algunos arbustos, y allí follaban. Rocío apoyaba sus piernas sobre lo que pudiera encontrar en el pequeño espacio del vehículo y procuraba mantenerlas bien arriba para que Juan Ignacio pudiera penetrarla con facilidad y entrara bien profundo en ella. A veces, sin embargo, a ella le gustaba estar arriba y en esos momentos se sentaba sobre él con todas sus fuerzas hasta desinflar al macho por completo.

Llegaron a París poco más de un mes después de iniciado su viaje. Allí, en Francia, querían continuar con su aventura sin fin, pero un día Rocío se levantó en la mañana y corrió hacia el baño. Vomitó lo que no había vomitado en muchos años. No tenía ganas de follar, porque se sentía mal. Era tan… extraño. Luego, vomitó de nuevo y en la tarde vomitó una vez más. En la noche la prueba de embarazo confirmaba las sospechas de ambos. ¡Serían padres en poco menos de nueve meses! Juan Ignacio tomó a Rocío entre sus brazos y la abrazó con todas sus fuerzas, la levantó en el aire y la hizo girar frenéticamente de felicidad. Rompieron un florero de la habitación del hotel en donde se encontraban, pero no le importó y Juan pagó el artículo con indiferencia. Tres días después se encontraba de vuelta en Madrid, en la casa de la infancia de Rocío.

—No me avisaste que ibas a volver, Rocío —le dijo extrañada Sofía a su hija tan pronto la vio atravesar la puerta. Miró a Juan Ignacio con algo de sorpresa también, pero él se veía tan feliz que no le importó en lo absoluto la presencia de Sofía. De verdad la había superado por completo—. De haberme avisado habría mandado a buscarte en el aeropuerto.

—No importa, mamá —respondió Rocío, con una felicidad que desorientó a Sofía—. Vinimos lo antes posible porque tenemos algo que contaros a papá y a ti.

—¿Qué es lo que queréis contarnos? ¿Ha pasado algo?

—Sí, ha pasado algo, pero… ¡es de las mejores cosas que nos han pasado en nuestras vidas?

—¿Sí? ¿Y qué es eso tan bueno que os ha pasado?

Rocío reía radiante y se tocó el vientre. Sofía no necesitó que su hija la explicara nada más para entender lo que significaba ese gesto. Toda madre sabe lo que una mano rozando tiernamente el vientre significa. Sofía estaba sorprendida, casi confundida, pero de inmediato supo que eran buenas noticias, así que abrazó a su hija y la besó tiernamente. Rocío recibió felizmente el abrazo de su madre, pero se enserió cuando se dio cuenta de que Sofía, de repente, rompió en un llanto lastimero y triste. Le preguntó a su madre qué era lo que pasaba y Sofía se sintió casi impedida de hablar. «Es tu padre», logró decir al fin.

Unos minutos después, Rocío encontró a Lautaro descansando en su habitación, sentado en una amplia butaca en la que tenía los ojos cerrados. Había un libro que descansaba sobre su regazo, pero Lautaro lo leía desde hacía horas y ya estaba cansado de tanto leer. Sin embargo, sintió los pasos que lo rodeaban y abrió los ojos. Vio a Rocío con lágrimas empapando su rostro y la abrazó tiernamente cuando su hija se lanzó a sus brazos.

—No te pongas así, hija —la consoló Lautaro—. A todos nos llega la hora. A todos nos llega el momento de partir.

—¡No, papá! —dijo Rocío, casi en un grito desgarrado—. ¡No! ¡No!

—No llores, Rocío. ¡No quiero verte así! No ahora, que eres tan feliz. No merezco amargarte tus días. Deberías seguir disfrutando con Juan Ignacio.

—¿Por qué no nos dijiste antes, papá? ¿Por qué lo ocultaste? ¡Pudimos haber hecho algo antes!

—No había nada que hacer desde el principio, mi amor. Tan pronto me enteré, supe que no había nada que hacer. Ya no importa, mi amor. Ya yo lo he aceptado y sé que tú terminarás aceptándolo también. Esto es parte de la vida, Rocío.

Lautaro no sonaba como él mismo. ¿Él aceptando el destino tal cual como este se le presentase? ¡Insólito! Sin embargo, hasta él sabía que ante la muerte no había más remedio que doblegarse y aceptarla con calma. Peor que morir es pasar los últimos días de la vida luchando contra la muerte.

Afuera de la habitación, mientras Rocío lloraba y Lautaro la consolaba, Sofía lloraba también. Su amargura era tal que Juan Ignacio, en un gesto insólito dadas las circunstancias, decidió abrazar a Sofía y ella, inconsolable, se lanzó sobre el hombro de su antiguo amante y se dejó abrazar por él. No podía hablar y Juan Ignacio tampoco quería que ella hablara, pues lo que necesitaba en ese momento era llorar y dejar que el luto la embargase.

Durante los meses de enfermedad de Lautaro y los de gravidez de Rocío, ella iba a visitar a su padre todos los días, y lo atendía en lo que podía con tal de que pasara la enfermedad con la menor incomodad posible, pero el cáncer es un mal que consume con tal rapidez a su víctima que muy pronto Lautaro terminó en manos de dos enfermeros profesionales, ambos hombres, que se encargaron de darle la mejor vida posible en medio de su final. Lautaro se hizo delgado y demacrado en poquísimo tiempo y estaba sedado la mayor parte del día, porque solo así podía soportar sus dolores.

—Ya no dejes que venga a verme, Juan Ignacio —le dijo Lautaro a Juan la última vez que se vieron. El enfermo aprovechó un momento de soledad entre ambos, cuando Rocío había tenido que salir de la habitación junto a los enfermeros por cualquier asunto—. Dile que tienes que velar por tu bebé y que tiene que descansar. No quiero que el embarazo de Rocío gire alrededor de mí. Su preñez tiene que ser sobre ella y sobre la creatura que está por nacer, no sobre un viejo desgraciado como yo, que está a punto de morir. Ordénale descansar y que me venga a visitar solo una vez por semana, pero que deje de venir a diario.

Juan Ignacio le dijo a Lautaro que haría todo lo posible para convencer a Rocío de que lo mejor era que pasara su embarazo con menos sobresaltos, pero por supuesto que no pudo asegurarle nada. Lautaro miró a Juan Ignacio y lo observó con dolor en sus ojos.

—Cuídala cuando ya yo no esté, Juan Ignacio.

—La cuidaré con toda mi pasión, Lautaro. Después de todo, amo a Rocío con todo mi corazón.

—No hablo de Rocío. Yo sé que la quieres y que la cuidarás. Hablo de Sofía —Lautaro hizo silencio por un momento—. No me mires así. Sé que alguna vez la amaste, Juan Ignacio, y entiendo que luego la odiaste, y eso está bien, pero ella me contó que la habías perdonado, así que tengo el atrevimiento de encomendártela, ahora que yo no voy a estar. ¿A quién más puedo encargarle a Sofía? Hazlo en nombre del amor que un día le tuviste, y hazlo en nombre del amor que sientes por Rocío. Hazlo por Rocío, más que por Sofía o por mí.

Juan Ignacio miró a Lautaro con algo de asombro, pero aceptó la encomienda finalmente. El enfermo sonrió y dijo que estaba seguro de que a Sofía le iría bien en la vida sin él porque era una mujer fuerte, pero que de ahora en adelante se apoyaría en Rocío y en nadie más, porque era todo lo que tenía.

—A pesar de todo, somos pobres, ¿sabes? Solo nos tenemos a nosotros mismos, yo a Sofía y a Rocío, pero no tengo a nadie más. Tengo a muy pocos a quienes puedo llamar amigos, pero no sé si quisiera tenerlos a mi lado en este momento. ¿Eso es amistad? Solo tengo a Sofía y a Rocío. Tengo mucha plata, pero poca gente. ¿Soy rico, Juan Ignacio? ¿Eso es riqueza?

Juan Ignacio respondió algunas palabras vacías, pero no había nada que responder. La verdad es que Lautaro no estaba solo, pero sí era verdad que había muy pocos en esa casa y no había sonado el teléfono tanto como debía haber sonado. ¿Acaso nadie quería saber sobre él? ¿Nadie quería saber cómo estaba? ¿Nadie quería preguntar si había mejorado? Juan Ignacio, súbitamente, se recordó que se trataba del mismo hombre que a él le había arrebatado a la mujer que amaba hacía muchos años y que como único emisario de su terrible humillación y cruel afrenta mandó a su secretaria, quien con fría indiferencia solo emitió una orden en vez de una disculpa. Se preguntó, entonces, a cuantos más no había hecho cosas similares o peores. Visto lo visto, el teléfono había sonado más veces de las que cabría esperar, así que más bien Lautaro podía considerarse afortunado.

Antes de salir de la habitación para dejarlo descansar, Juan Ignacio le dijo:

—También te he perdonado a ti.

—¿Cómo? —preguntó Lautaro, mirando a Juan Ignacio con algo de sorpresa.

—No has mencionado nada al respecto, pero solo quería decirte que también te perdoné a ti.

—Yo no te he pedido perdón.

—Lo sé, ya te lo dije, pero solo quería que lo supieras.

Lautaro no dijo nada más y Juan Ignacio tampoco. El escritor salió de la habitación y el magnate, reducido a una piltrafa huesuda e insignificante, rompió en un amargo llanto, uno de los últimos de su vida. Murió unos meses después, a solo cinco de haberle confesado a Sofía el diagnóstico que le había dado los médicos. Tuvo un funeral digno de un hombre de su estatus, pero asistieron menos de los que se hubiera esperado. No importó, porque estaban Sofía y Rocío, las únicas personas que tenía Lautaro en su vida. Nadie más importaba, la verdad.

Sofía, sola en la enorme mansión de Madrid, recibió con beneplácito a Rocío y a Juan Ignacio, quienes trajeron su equipaje y anunciaron que se quedarían en esa casa hasta el parto. Sofía sonrió y los abrazó a ambos. Rocío notó que su madre y Juan Ignacio se miraron con unos ojos llenos de una tristeza tan profunda que tal vez se imaginó en algún momento una historia entre ellos, pero le pareció simplemente absurda aquella sola idea. Seguramente no fueron más que impresiones suyas.

En la fecha correspondiente, nació Gabriela, la hija de Rocío y Juan Ignacio. Los dos padres la recibieron con alegría y con besos y caricias y abrazos. Su abuela, Sofía, la contempló entre lágrimas desde la ventana del retén infantil, donde exhibieron a la niña para que pudiera contemplarla la abuela y el padre. Ambos se vieron con alegría y Sofía abrazó a Juan Ignacio por un hombro, felicitándolo y diciéndole que él, más que nadie en el mundo se merecía esa felicidad.

Un año y medio después del nacimiento de Gabriela, la niña intentaba dar sus primeros pasos, pero era aún torpe. Rocío estaba junto a ella, jugando con la arena de la playa. El calor del verano era delicioso en Málaga, como todos los veranos. El viento era fuerte y el olor del mal embriagante. Sofía contemplaba a su hija nuevamente embarazada jugar con su hija mayor. A su lado, Juan Ignacio también las contemplaba, feliz. Su vida había dado un vuelco tremendo en tan poco tiempo. Sofía sonrió y tomó la mano de Juan Ignacio, acariciándola con ternura, pero en su gesto había solo un profundo cariño y respeto. Juan miró a Sofía con algo de sorpresa.

—No me puedo imaginar una situación mejor que esta. Jamás, ni en un millón de años, ni después de un millón de vueltas del mundo, me imaginé que terminarías siendo tú quien hiciera tan feliz a mi hija, pero ahora veo que es justamente esto lo mejor que ha podido pasar. No puedo dejar de agradecerte por lo que has hecho por ella. La has hecho feliz como nunca la he visto, y, por lo tanto, me has hecho inmensamente feliz a mí. ¿Quién lo diría? Al final de cuentas, eres el hombre que más feliz me ha hecho en la vida. Te lo agradezco tanto. Bienvenido a la familia, Juan Ignacio.

Juan tenía los ojos llenos de confusión y de algo de vergüenza, pero al final terminó sonriéndole a Sofía. Estaba feliz por la bienvenida. Los dos tornaron, entonces, a ver a Rocío y la joven madre y su bebé sonrieron al unísono al ver al padre y a la abuela sonreírles también. La sonrisa de Rocío y de Gabriela era hermosa y eso hizo que Juan Ignacio y Sofía se sintieran más plenos aún. Solo por eso, por esas sonrisas, toda su historia había valido la pena. Toda.

¿QUIERES MÁS? ;)

Querida lectora, espero que te haya gustado esta novela. Me haría mucha ilusión que le puedas echar un vistazo a mis otras novelas, **las cuales puedes leer de forma gratuita a través de Kindle Unlimited.**

La novela anterior a esta es la siguiente:

Hazte con ella aquí: **Me has dado tanto**

Para ver mas de mis obras no dudes en visitar mi perfil en Amazon:

Visita mi perfil accediendo aquí

Ó también puedes escanear con tu móvil el siguiente código QR para ir directamente allí:

Muchas gracias por elegirme
Besos
Olivia Saint

UNAS PALABRAS FINALES

Olivia Saint

Espero que hayas disfrutado de mi novela así como yo disfrute escribiéndola para ti mi querida lectora, pero esto no termina aquí, me gustaría saber tu opinión y también que me puedas ayudar dejando una review en el libro en el siguiente enlace:

<u>¡Sí, me encantaría ayudarte con mi opinión sobre el libro!</u>

Las reviews positivas me ayudan a mejorar y a seguir dedicándome a la escritura la cual es mi pasión desde muy pequeña.

También puedes inscribirte a mi club de lectores más íntimos, donde comparto promociones, descuentos de mis libros y también puedes inscribirte para recibir copias de las novelas antes de que sean publicadas en Amazon.

<u>Inscríbeme a tu lista de lectores VIP</u>

Por último, siéntete libre de contactarme a
oliviasaint.autora@gmail.com

www.ingramcontent.com/pod-product-compliance
Lightning Source LLC
Chambersburg PA
CBHW030402200726
48286CB00015B/2530